LES MURMUREURS

Aude RÉCO

LES MURMUREURS

© 2019, Aude Réco
Édition : BoD – Books on Demand
12/14 rond-point des Champs-Élysées, 75008 Paris

Impression : BoD – Books on Demand,
Norderstedt, Allemagne

ISBN : 978-2-3223-7840-1

Dépôt légal : Septembre 2021

CHAPITRE I

1.

Les vagues roulaient avec nonchalance. Cernée par une dizaine d'écueils, Taily Fair semblait flotter au milieu du brouillard ; il l'encerclait et grossissait à vue d'œil, à mesure que le canot progressait en scindant les eaux d'un bleu scintillant. La mer alentour était d'un calme communicatif, une atmosphère de langueur s'en dégageait. Là, les journées s'écoulaient de manière différente par rapport à Londres, et d'après ce qu'avait compris Edward Borrow des présentations dressées par son hôte, le temps se découpait presque avec une infinie lenteur. On ne se pressait pas sur Taily Fair. Les jours rapides, vécus dans la vigueur de la jeunesse et la nécessité de se constituer une petite retraite, appartenaient définitivement au passé, bien que l'île ait toujours conservé ce petit charme désuet. On y vivait, on y mourait sans plus de cérémonie.

De loin, elle s'apparentait à un long caillou dont la pointe formait une presqu'île insignifiante. Quelques rares hauteurs émergeaient de la brume et tout à coup, Edward trouva l'endroit idéal pour s'y suicider. Agréable. Isolé. À mille lieues de la ferveur qui secouait Londres.

Cheveux au vent, il se laissait bercer par les remous. Le ronronnement du canot motorisé le maintenait dans une torpeur relative. L'odeur de gas-oil lui piquait parfois les narines, mais le plus souvent, celle de l'iode la balayait. Droit devant et dans un calme presque absolu, Taily Fair lui tendait les bras. La tranquillité aussi. Pour autant, une certaine angoisse l'envahissait depuis son embarquement, en Écosse. La crainte de la solitude, fatalement. Une appréhension légitime pour lui qui n'avait vécu qu'à Londres. Les vacances à la campagne, il avait toujours refusé. À la mer, pareil. Il appréciait rester seul, mais le brouhaha ambiant lui manquerait. Les rares têtes connues aussi, le petit vendeur de journaux, la guichetière à la banque, les enfants qui jouaient dans le square, en bas de son immeuble… Surtout eux. Ils reflétaient la légèreté du monde. Enfin, jusqu'à ce qu'éclatât la guerre et qu'elle injectât dans leurs regards une expression lardant le cœur.

La capitale britannique et ses chemins de fer, ses quais bondés, Big Ben, ses plus de cinq millions d'habitants… Ses bâtiments en ruine. Des lieux qu'Edward fréquentait. Détruits. Son appartement ? Impossible d'y habiter, les murs tenaient à peine debout.

La mine de l'instituteur s'assombrit. Il avait perdu des élèves. Pas des proches, il n'en avait aucun hormis cet homme qui occupait parfois ses pensées en douce. Celui dont il ne se rappelait pas la voix à cause de l'alcool qui les imbibait. Pas même le visage. Blond, châtain, grand, souriant… ça se mélangeait et Ed en revenait inlassablement au même point : il ne s'agissait après tout que d'un inconnu. Un de plus. À quoi bon connaître son prénom ? C'était la guerre, l'un comme l'autre cherchait à raviver l'étincelle d'insouciance.

Le reste du monde avait perdu de son attrait. Surtout Londres, qui lui rappelait ce qu'il essayait de tromper le soir en buvant. Il n'avait emporté qu'une bouteille de whisky bon marché. Ainsi, pas d'excuse pour perpétuer cette sale manie. Il se laissait aller depuis longtemps, depuis le départ précipité de cet inconnu après une nuit trop courte. Certaines habitudes de la vie citadine lui manqueraient et à son retour, il constaterait à quel point 1919 lui aurait échappé. Peut-être y verrait-il alors un prétexte pour tout recommencer ? Peut-être s'y autoriserait-il enfin ? Refaire le monde autrement qu'au fond de son verre…

L'isolement seul ne l'effrayait pas. La perspective d'un renouveau, en revanche, le taraudait plus qu'il ne l'admettait. Officiellement, Taily Fair lui permettrait de reprendre le dessus sur sa propre vie. Officieusement, il préférait tourner le dos à ces dernières années plutôt que de les affronter. Il était un homme brisé, le savait et comptait y remédier. Il ne souhaitait surtout pas reconstruire sur des débris, au propre comme au figuré. De ce qu'il avait connu et vu évoluer au fil des ans, il ne restait que des ruines, des bouts de témoignages en pierre et en béton. Il pouvait se souvenir, pas tirer un trait et creuser de nouvelles fondations en prétextant une existence meilleure. Faire mieux que les années précédentes n'était pas difficile, alors il voulait le faire bien. Juste bien.

Assis à l'avant, Ed trépignait d'impatience de s'installer, sous le regard un peu vide de Matthew Shern, l'unique hôtelier de Taily Fair et la seule personne ayant proposé de l'héberger pour

7

l'année. Neutre, telle était l'idée qu'il se faisait de lui. Un type vraiment très commun avec ses cheveux châtains sous le chapeau de feutre qu'il retenait à la moindre bourrasque, son pantalon droit brun et son manteau au col remonté pour le protéger du vent glacial. Son visage aussi s'avérait des plus banal, en dépit de traits harmonieux. Un mélange de sympathie et de mélancolie s'en dégageait, la première soulignée par une bouche souriante, la seconde émanant de ses yeux en amande, pers, beaux, mais dépourvus d'éclat. Il parlait rarement, mais d'un ton aimable. Sa voix se révélait plaisante, plutôt grave et chaude. Matthew Shern montrait une assurance qui désarçonna Edward dès les premiers mètres, bien avant de monter dans le canot, et ce fut son regard terne qui le rassura, du genre à ne pas mentir ; Ed posait le même autour de lui.

À l'embarquement, Matthew ne montrait déjà aucun signe de prolixité, se limitant aux politesses d'usage, ce qui arrangeait Edward. Lui-même éprouvait des difficultés monstrueuses à tenir une discussion, d'autant que la plupart, depuis la signature de l'armistice, tournaient autour de la guerre et des dégâts causés.

Malgré une mine qu'il aurait pu qualifier d'indécise, il lui devinait un air heureux à l'idée d'amener quelqu'un sur l'île. En voyant le seul bagage, Matthew avait attendu comme un acquiescement de la part de son futur hôte. D'un geste vif, il s'en était emparé, avant de marcher d'un pas élancé vers leur moyen de transport. Une fois de plus, son corps avait parlé pour lui et mis en avant cette confiance que lui envia Edward.

Il resserra son étreinte autour de la poignée de sa valise. Tout ce qu'il possédait désormais tenait là-dedans : quelques vêtements, de rares photographies glissées entre deux pull-overs et un modeste nécessaire de toilette. Le strict minimum. Ce qui lui remémorait Londres avait fini au feu ou aux ordures, parfois chez les nécessiteux.

Nul ne mettait plus les pieds sur Taily Fair depuis une bonne décennie, en dehors des gars du bateau chargé de ravitailler la cinquantaine d'âmes qu'elle abritait et une jeune femme récemment installée sur place. Beaucoup de quinquagénaires, frileux à la perspective de quitter un jour leur lopin de terre pour rejoindre le continent. Les bombes avaient épargné l'île, ce qui la rendait si appropriée aux aspirations d'Edward, si précieuse. L'endroit rêvé pour un trentenaire marqué par les récents conflits. Ed la trouvait idéale pour se ressourcer après leurs ravages.

Il se laissa porter par les flots et le ronronnement du moteur jusqu'à ce que l'esquif rencontrât un banc de sable perdu dans le brouillard. Une odeur de résine de pin sylvestre flottait dans l'air et les vaguelettes y mêlaient celle de l'iode, subtile, un mélange floral et d'humus. Par-dessus piquait celle, légère, des algues qui pourrissaient. D'ailleurs, Edward nota que la mer rougissait par endroits, quand il aida Matthew à tirer le canot sur la plage. Par-dessus encore, un autre parfum, désagréable, venait se conjuguer au reste épisodiquement. À ces instants, la résine, l'iode et l'humus se déclinaient en relents aigres, ceux qui mettent le cœur au bord des lèvres et retournent l'estomac.

2.

Derrière son sourire mi-réjoui, mi-tracassé, Matthew avait longuement détaillé Edward Borrow, cet instituteur à l'air perdu qui débarquait sur Taily Fair. Son allure de jeune premier le trahissait, mais pour autant, ses yeux ne dégageaient aucune fierté.

Ni aucune chaleur, à vrai dire. Scrutateur et tel un feu mourant, il se posait sur chaque élément de ce qui l'entourait. Que se passait-il sous ce crâne-là ? Impossible à déterminer. Edward n'affichait pas une mine froide ou fermée, seulement, cet homme ne donnait pas envie de discuter avec lui. Un coup d'œil de sa part suffisait pour comprendre. De plus, son unique bagage laissait supposer qu'il avait tout quitté pour rejoindre Taily Fair.

Primo, Matthew ne désirait pas engager la conversation sur ce terrain glissant. Secundo, cet endroit n'était pas le mieux placé pour rendre leur éclat à des prunelles mornes et le sourire à un type en apparence déboussolé. Ses cheveux clairsemés ployaient sous le vent, mais rien ne troublait sa contemplation de l'île. Que lui trouvait-il qui ne finirait pas en regrets d'être venu y vivre ?

Les épaules de Matthew s'affaissèrent. Il n'aurait jamais dû proposer à Edward de l'amener ; acte égoïste au possible et il s'en mordait déjà les doigts. La puanteur que dégageaient les fonds marins dans le coin le lui rappela, de même que la seule vue de l'île. Elle portait les stigmates de vies laminées ; Edward n'avait pas encore appris à les distinguer, voilà tout. Taily Fair se montrait fourbe vis-à-vis du voyageur égaré ou inexpérimenté. Sous leurs airs de quiétude, ses côtes meurtries par le vent et la houle n'aspiraient qu'à le perdre. Ses falaises s'effritaient. Ses zones gorgées d'eau et couvertes d'une végétation luxuriante formaient des marécages trompeurs. Taily Fair était un caillou jeté dans l'immensité marine, un bout de rien que les conditions météorologiques n'épargnaient pas, un assemblement de roc et de flore, de boue et de sable.

Peut-être que, dans les yeux d'Edward, Matthew cherchait à retrouver l'île qu'il appréciait tant autrefois.

3.

Plateau rocheux, Taily Fair se composait essentiellement de falaises. Matthew expliqua que de la côte, il leur faudrait emprunter l'un des escaliers escarpés creusés à même la roche.

— Je porterai votre valise, ajouta-t-il. Je ne voudrais pas que vos pieds peu habitués vous entraînent dans une chute mortelle. Même si ça n'arrive plus…

Il tenta un sourire à l'intention aimable, mais Edward le trouva surtout crispé. L'instituteur approuva néanmoins, laissa l'hôtelier descendre, puis lui tendit la valise avant de le rejoindre maladroitement. Il se réjouit à l'idée de se dégourdir les jambes, malgré des premiers pas incertains. Un pâle soleil d'hiver réchauffait l'air avec mollesse et les nuages se traînaient paresseusement autour de l'astre.

Les deux hommes tirèrent le canot sur la plage, puis se mirent en route. Edward se sentit minuscule au pied des falaises vertigineuses, là, seul sur la côte déchiquetée.

— J'espère que l'endroit vous plaira ! lança Matthew par-dessus le souffle du vent.

— Il n'y a pas de raison…, affirma Edward en dégageant son front d'une mèche brune tenace.

— On n'a pas grand monde, ici, à part d'anciens pêcheurs. Personne n'accepte plus de vivre parmi nous. Trop difficile.

Ils quittèrent la plage pour s'engager sur les marches abruptes et usées. En haut apparut un relief rugueux, aux herbes hautes battues par les bourrasques. Il jouissait d'une grande variété de paysages : un bois côtoyait les abords du village, au-delà duquel des marécages s'étendaient vers un isthme et une maison isolée

11

près d'un promontoire de roches. Edward nota la présence de bâtiments en ruine, nichés au fond d'une vallée, en amont des habitations. De Taily Fair se dégageait un charme fou, de ses arbres immenses qui, d'en bas, devaient sembler chatouiller les cieux, à la péninsule verdoyante qui entourait un pic plus impressionnant que les falaises, à quelques mètres – ou kilomètres ? À cette distance, Edward ne distinguait pas bien – du passage étroit qui reliait la majeure partie de l'île à une autre, insignifiante et désertique. Cette seconde parcelle rappelait une langue de cailloux qui s'élançait dans l'Atlantique. Ed n'y aperçut aucune végétation, aucun édifice. Elle était comme stérile, parcourue de crêtes saillantes et la froideur qu'elle inspirait, malgré la mer de ciel un peu orangée qui la réchauffait, déplut au trentenaire.

Une chapelle gardait l'entrée du village. Matthew emprunta un sentier dans cette direction, boueux et aux trous rebouchés de graviers. Il avait plu récemment ; une odeur de pétrichor se mêlait à celle, plus persistante, de l'eau salée.

— Monsieur ?

Ed eut l'impression de quitter un rêve éveillé, l'un de ceux où les bruits, les déplacements alentour nous parviennent, mais duquel on ne s'extirpe. Sauf que, l'espace d'un instant, aucun son ne flotta dans l'air. Ni la respiration haletante d'Edward ni le cri des mouettes au-dessus de leurs têtes. Un silence absolu, aux bruits égarés. Le jeune homme mit ceci sur le compte de sa contemplation. Il avait dû perdre pied, d'une certaine manière, happé par la beauté millénaire des lieux, par leur simplicité et la force de la nature.

Un vent d'est glacial balayait l'île et asséchait la végétation. Une pluie fine commençait à tomber, éclaboussant les brindilles d'herbe jaunie et déposant une mince pellicule sur les cheveux d'Edward.

— Je vous demandais si vous souhaitiez visiter l'île, demain, reprit Matthew.

— Avec plaisir.

Rêveur, Ed admira encore un peu la vue. Jouer les touristes lui procurerait le plus grand bien. Par ailleurs, la quiétude de Taily Fair lui plaisait déjà.

— Surtout, parlez aux autres, enchaîna Matthew. Ça leur évitera de se complaire dans l'aigreur.

Edward acquiesça pour ne pas froisser son hôte, et puis à défaut de sympathiser, il s'enfermerait moins dans la solitude. Voir de nouveaux visages lui changerait les idées. Sans doute.

Matthew s'arrêta et le considéra d'un air vague. Impossible d'évaluer ce que reflétaient ses prunelles soudain brumeuses. Lassitude, dépit, contrariété ? Ses traits se durcirent avant qu'il daignât poursuivre.

— Les gens sont un peu revêches et vous êtes nouveau sur l'île. Un gars de la ville. Allez les voir, saluez-les. Miss Holton a eu un peu de fil à retordre à son arrivée, il y a deux mois. Je dirais que certains réticents commencent à l'accepter. Un jour, ce sera vous.

— Je ne reste qu'un an, de toute manière, répliqua Edward.

Matthew se remit à marcher.

— Et si le coin vous séduit ?

— Je débarque à peine ; j'aviserai en temps voulu.

Le ton sec d'Edward dut dissuader l'hôtelier d'insister, car il n'ouvrit plus la bouche jusqu'à ce qu'un établissement à l'enseigne branlante apparût au bout de la rue.

— Ne faites pas attention à la vétusté des lieux, bredouilla-t-il en poussant une petite grille piquée de rouille.

Il s'engagea dans l'allée étroite qui menait à l'hôtel, dont Ed nota la présence de carreaux cassés au second étage. En retrait de la route, il s'élevait péniblement, usé par les époques. Il ne présentait aucune particularité, et par temps de brouillard, il devait au mieux ressembler à une masse indistincte.

Matthew ouvrit enfin la porte, qui grinça de protestation. Le bas buta sur un carrelage mal fixé. L'hôtelier s'empressa de le replacer, l'air de rien, du bout du pied. L'odeur de renfermé, volatile, se dégagea brièvement de l'endroit avant d'aller se perdre ailleurs.

Un hall d'accueil apparut, avec ses rares fauteuils disséminés autour de tables rondes, sa radio sur le comptoir, au fond, et son panneau en bois chargé de clefs. Un bouquet de fleurs trônait sur une desserte qui disparaissait sous la poussière, à droite, près de la fenêtre. Edward préféra ne pas s'attarder sur l'état des rideaux, blancs d'origine, ni sur la tapisserie fleurie mouchetée de taches brunes. L'ensemble, vieillot, avait jauni ; son apparence qui ne trompait sûrement personne. La nostalgie faisait son œuvre ici. Un escalier grimpait le long du mur, sur la gauche, et sa moquette montrait des marques d'usure.

Matthew redressa un tableau, puis passa derrière le comptoir pour récupérer un trousseau.

— Chambre deux, premier étage, indiqua-t-il en montant les marches. Bon séjour parmi nous.

Edward le souhaitait, car son équilibre en dépendait. Il franchit la porte de ce qui constituerait maintenant son abri. Celui-ci contenait un mobilier classique et les draps exhalaient une odeur de propre. Ed s'assit au bord du lit et observa sa valise. Il finirait de la vider plus tard, épuisé par son voyage.

L'école dans laquelle il enseignerait n'avait rien de plus que celle de Londres, si ce n'était sa taille beaucoup moins impressionnante. Dressée au bout de la rue de l'hôtel, il l'avait aperçue dès son arrivée, la veille. Le pâle soleil d'hiver blanchissait les vitres presque opaques de crasse.

Au-delà se situait l'ancien village, évacué pour des raisons obscures, selon Matthew. Le passage étroit qui reliait les deux parties de l'île – la Grande à la Petite – traînait une funeste réputation, mais nul n'aurait su expliquer laquelle ni pourquoi d'aucuns s'attardaient dans les parages. Ed se contenta d'un hochement de tête sans quitter les ruines des yeux, au fond d'une cuvette cernée de dunes. Çà et là, des habitations aux murs branlants, des clôtures pourries, des charrettes qu'une mousse abondante recouvrait. Un tapis de brume flottait au-dessus du sol et se retirait peu à peu avec la montée du jour.

Les rayons du soleil, timides, conféraient un peu de vie au lieu en projetant des ombres sur les graviers et la bruyère. La même odeur de pourriture qu'au bord de la mer primait sur les autres, pin, toujours, terre mouillée et une dernière, insaisissable et piquante. Gêné, Edward plissa le nez. Il essaya tant bien que mal de donner un nom à cet effluve particulier qui lui montait à la tête, puis abandonna quand une bourrasque le chassa pour de bon.

Un peu plus loin, il aperçut une silhouette tassée sur elle-même qui déambulait dans les herbes folles. Les bras croisés sur la poitrine pour lutter contre le vent permanent, elle jeta plusieurs coups d'œil par-dessus son épaule, en direction de l'isthme. Ed nota de l'inquiétude dans ses gestes. Un manque d'assurance, aussi. Un mélange d'angoisse, qui traduisait sa démarche hâtive, gauche, et de fascination.

— Voici Nora, glissa son hôte en se tournant vers l'intéressée.

Une intrusion dans les pensées d'Edward, qui n'en montra rien.

— Nora Eloy, une vieille fille qui n'a plus toute sa tête. Enfin...

Une ombre balaya le visage de Matthew.

— Elle ne l'a jamais vraiment eue : elle entend des voix.

— Aurait-elle peur ?

— Vous voyez cette cabane, en contrebas ?

Ed porta le regard à l'endroit indiqué par Matthew. En effet, une habitation sommaire et isolée de l'ancien village se dégageait du paysage désolé, à côté du promontoire aperçu la veille.

— C'est là que Léonie vit avec son fils. Elle l'enferme à longueur de journée. Le pauvre bougre n'a peut-être jamais vu le soleil.

Edward frissonna à cette perspective et se montra ravi que Matthew ne s'attardât pas là-dessus. En fin de compte, ce qu'il considérait comme une île calme et attrayante dégageait un côté de plus en plus sinistre. Du gris délavé du ciel à la bise continue, des récits de Matthew aux habitants... Ed se demanda s'il se sentirait un jour chez lui sur Taily Fair.

— Surtout, Edward... ne vous approchez pas de cette femme ni de cette baraque.

Ed se retint de poser des questions ; son intuition lui disait que les explications ne lui plairaient pas. Il souhaitait juste reprendre sa vie en main sans ennuyer quiconque, rien de plus. Poser des questions à tout va ne lui rendrait pas sa tranquillité perdue, alors il se contenta d'acquiescer.

4.

Matthew détourna les yeux de Nora. Alors que les habitants l'avaient toujours qualifiée de folle, il acceptait de lui accorder le bénéfice du doute, car lui aussi, parfois, entendait une voix. Toujours la même depuis son enfance, celle dont il n'avait jamais parlé ou confié le secret, pas même à un ours en peluche. De toute manière, cette voix ne le sollicitait en rien et ne causait de tort à personne. N'étant pas du genre à s'embarrasser de ces choses, il avait appris à vivre avec.

Pour cette raison, effleurer l'histoire de Léonie lui en coûta. S'immiscer dans les affaires des autres n'était pas dans ses habitudes, les raconter, encore moins. Il ne désirait pas s'en mêler, tout comme il préférait qu'autrui ne s'occupât guère des siennes. Un bon échange de procédés, bien qu'il se dût de prévenir son hôte sur un point : ne pas côtoyer Léonie. Elle avait un mauvais fond et dans ses yeux brillait une étincelle d'arrogance. Il l'apercevait souvent près de l'isthme, à la nuit tombée, à chercher après son fils qui l'appelait à l'aide, alors qu'il restait normalement enfermé. Qu'elle ait pu devenir folle ou paranoïaque, Matthew voulait bien le croire ! Hormis pour un point précis, une contradiction : lui aussi entendait la progéniture de Léonie crier au secours.

Matthew posa le regard sur Edward. Si celui-ci buvait ses paroles, il ne s'en montra pas moins soulagé quand l'hôtelier mit fin à la conversation. Tout ce qui concernait Léonie, sur cette île, dégageait un profond sentiment de malaise. Était-ce pour sa vie de misère, de recluse ? Pour les trois petites pierres tombales dressées à côté de chez elle ? Pour les rumeurs que colportait Nora à son sujet ? Rien ne la prédestinait à cette existence de paria. Et son fils, ce monstre qu'elle n'assumait pas, à tel point qu'elle le privait de sa liberté…

Consterné, Matthew se tourna vers les tombes qui jouxtaient un modeste potager, puis guetta le passage de Nora, qui approchait.

La vieille fille ne les aborda pas tout à fait. Ses lèvres remuaient, mais aucun son ne sortait de sa bouche. Dans ses yeux clairs, une ombre naissante suggérait un trouble, de même que ses sourcils froncés. Elle tendit le cou. Son expression impénétrable laissait planer une affreuse incertitude quant à ses intentions. Nora incarnait la gentillesse même, mais entrait dans des colères noires pour peu que ses voix la titillassent. Ces entités sonores existaient vraiment pour elle. Pour autant, nul n'aurait pu affirmer qu'elle était folle, car ses propos et ses actes demeuraient censés. Son teint cireux, lui, supposait une anémie ou toute autre maladie, aussi les habitants respectaient-ils ces maudites voix devant elle. Dans son dos, par contre... Les discussions allaient bon train, au café, mais chacun se mettait d'accord pour dire que Nora Eloy n'avait pas un mauvais fond.

Elle pencha la tête et considéra Matthew avec insistance. Elle tendit le bras vers lui, eut un mouvement de recul. Ses gestes nonchalants respiraient la nervosité. La vieille dame tremblait dans son manteau. Sa mâchoire bougeait en un va-et-vient lent et régulier, mais jamais sa gorge ne produisit aucun son et sa bouche ne forma aucun mot. Elle se mordilla la lèvre inférieure d'un air hésitant.

Matthew n'attendit pas davantage et enjoignit son hôte à le suivre sur le sentier qui les ramènerait au village, sur la route principale.

5.

Nora ne parvenait pas à quitter Matthew des yeux. Elle ne connaissait pas l'homme à côté de lui, mais la silhouette blanchâtre qui marchait dans le sillage de l'hôtelier, si. La vieille fille avait vu Matthew grandir et cette forme ne l'avait pas lâché.

Elle voulut approcher, mais les voix n'appréciaient pas qu'elle pénétrât ce qu'elles appelaient leur zone de confort, celle qui assurait leur liberté.

Relative, ricana Nora en songeant à leur mode de survie.

Elle n'alla pas plus loin dans ses remarques. Les voix, toujours elles.

Un détour par les falaises l'apaiserait. La vue du large suffisait à calmer ce qui bouillonnait en elle. Du haut de ses soixante-cinq ans, elle n'avait jamais trouvé la paix de l'esprit. Pas une nuit elle n'avait dormi tranquille, sans entendre ces maudits murmures. Elle était une personne à part, le savait, mais aurait mille fois préféré n'être qu'un simple quidam. Elle avait prié toute sa vie durant pour que cessent les chuchotis, les directives.

Le visage relevé, elle prit une profonde inspiration. L'air froid glissa dans sa gorge. L'appel du large. Elle mit les bras en croix. Les bourrasques gonflèrent son manteau, elle tituba, pencha en avant.

Sauterait-elle ?

Ses traits se crispèrent. Les voix le lui interdirent. Pas ici. Pas maintenant.

6.

Nora représentait un curieux personnage. Et que dire de cette Léonie ? Perplexe, Edward suivit Matthew au cœur des dunes pour rejoindre un sentier escarpé qui menait aux falaises, par où ils étaient arrivés, la veille.

— La vue y est magnifique ! s'exclama l'hôtelier en marchant d'un pas enjoué.

Donc rapide. Que cachait cet engouement ? Pas qu'il ait forcément dû dissimuler quoi que ce fût, mais avec les récentes divulgations, Ed concevait que Matthew voulût creuser la distance. Il évoluait dans cette atmosphère depuis toujours. Il avait vu Nora vieillir et résister vaillamment à l'emprise de ses voix, assisté au dépeuplement de son île, et par extension, de son hôtel. Un bâtiment aisément qualifiable de miteux, avec son vestibule sombre et son ameublement sommaire. Edward ne comprit pas ce qui retenait Matthew ici, hormis ce qu'il restait de l'établissement. Le revendre était impensable. Vivre là en donnant l'impression de ne pas vouloir y rester, pire encore.

L'instituteur jugea de l'état du ciel après qu'une grosse goutte désagréable s'écrasât sur son crâne. Sans virer à l'orage, il tirait sur une teinte menaçante, celle des jours de forte pluie.

— Ça devrait passer, assura Matthew comme s'il venait de décrypter ses réflexions.

Non. Rien ne passerait, ni le temps de chien ni ce que venait de lui dire son hôte. Il accordait déjà trop d'importance aux récits rapportés par son logeur. Une île exposée aux quatre vents, des tombes dressées près de la maison d'une démente supposée, une vieille fille étrange et au regard intense... Les ingrédients idéaux pour un prologue de roman noir, peu propices à ce à quoi aspirait Edward.

Il se ressaisit. Inutile de se démanger les méninges, tout se déroulerait à merveille. Quant aux locaux, ils finiraient bien par s'habituer à sa présence, et que représentait une année ici comparée aux précédentes à Londres ? Un renouveau. Quoi qu'il advînt, Edward devait garder cet objectif en tête.

Une série de bourrasques se hâta de chasser les nuages, auxquels succédèrent de pâles rayons qui percèrent ce qu'il restait de la masse cotonneuse. Les sombres pensées d'Edward désertèrent son esprit pour qu'il portât son attention sur le couple qui s'activait au bord du précipice.

— Ne devriez-vous pas vous installer moins près du gouffre ? lança Matthew à l'homme.

Celui-ci se tourna pour le saluer. Les traits crispés, le cheveu rare, l'œil étincelant qui fait les génies, il n'apparut à Edward ni sympathique ni le contraire. Juste un bonhomme rabougri qui n'oubliait pourtant pas la politesse. Le genre à ne pas commettre les erreurs qu'il reprochait aux autres.

— Vous dites ça parce que j'ai tenté par deux fois de me mettre la corde au cou, grogna le type en retournant à son appareil photo.

Face à lui, son châle beige sur les épaules, une jeune fille rousse posait dans une robe aux motifs bleutés. D'un teint éclatant, elle sourit à Edward comme pour lui souhaiter la bienvenue. Il ne lui donnait pas plus de douze ou treize ans, mais un détail dans sa posture, droite, ou sur son visage grave suggérait la maturité. Elle avait les traits tirés et de profonds cernes soulignaient ses yeux sévères.

— Pardonnez-moi, déclara le photographe en rejoignant Edward. James Nesbitt, enchanté.

Il lui tendit une main ferme qu'Ed mit du temps à serrer parce que tiré brutalement de ses réflexions.

— C'est bien ce qu'on dit, dans ces cas-là ? l'interrogea James en haussant un sourcil intrigué.

— Euh, oui. Oui. Tout à fait. Edward Borrow, ravi de faire votre connaissance.

— Assez de ces politesses ! intervint l'inconnue à la chevelure de feu. Je suis Johanna, la cadette de James. Voilà. Pouvons-nous passer à la suite, cher frère ?

Autoritaire. Peut-être caractérielle ? Au fond, cela importait peu. Ed se plaisait purement à détailler les gens, à essayer de les déchiffrer, bien que la plupart possédassent plusieurs épaisses couches avant de laisser apparaître leur nature profonde. Edward appelait ça le principe de l'oignon : plus on épluchait les personnalités, plus il y avait de conséquences possibles.

James se repositionna derrière le trépied de son appareil.

— Votre... ami, là ; il ne boit pas que du lait, l'entendit remarquer Ed à l'égard de Matthew.

Edward s'éclaircit la gorge pour rappeler sa présence. Ainsi, son pendant pour l'alcool se lisait sur son visage ? Lui qui pensait dissimuler sa nervosité, voilà qu'elle le gagnait à présent. Elle emplissait ses poumons, passait avant au travers de ses pores, suintait goutte à goutte dans ses veines pour se propager avec une délicatesse insidieuse.

Nul ne daignant se retourner, il proposa à l'hôtelier de rentrer. Il en avait assez vu et entendu. Taily Fair avait tout d'une île paradisiaque ou presque, avec son paysage magnifique, tissé de mille et une couleurs, ses hauteurs à couper le souffle, mais ses habitants se révélaient abominables, pétris d'une solitude qui les aigrissait. Leurs yeux brillants observaient Ed avec une curiosité débordante et malsaine. Leurs bouches n'articulaient que des propos étranges ou blessants. La gentillesse, la bonté n'émanaient d'aucun d'eux, sauf de Matthew. Et que dire de ce James Nesbitt, ce curieux personnage qui entretenait apparemment une passion dévorante pour la photographie ? Sans quoi, il n'aurait pas investi dans un tel appareil, hors de prix pour les revenus modestes qu'il affichait. Bien vêtu, élégant, mais il portait des chaussures aux semelles usées et au cuir pâli. Peut-être réservées à ses excursions pour ses prises de vue ?

James coupa court à la volonté d'Edward de regagner l'hôtel.

— Les gens ne veulent pas de vous ici, déclara-t-il d'un ton revêche.

Il radoucit aussitôt.

— Enfin, notez que moi, je m'en fiche. Un de plus ou un de moins…

Sa sœur le fusilla du regard. Désapprobation de ses propos ou agacement dû à la séance qui s'éternisait ? Edward n'aurait su le déterminer. Il n'appréciait pas ce photographe et s'en tiendrait là. Derrière ses faux airs d'amabilité, il ne l'inspirait pas plus que les autres.

7.

James regarda les deux hommes partir et leur trouva un air complice. Matthew Shern n'était pourtant pas le genre de gars à sociabiliser. Globalement, on ne connaissait que très peu de détails sur lui. Il avait hérité l'hôtel et les grosses économies de ses parents, disparus sur l'île. Il vivait là-dessus en se résignant à ne pas effectuer de gros travaux dans l'établissement. Taily Fair ne subsistait plus de la pêche depuis bien longtemps, encore moins du tourisme. Ce n'était pas plus mal, car les habitants détestaient les nouvelles têtes. En ce sens, l'arrivée d'Edward causait une sorte de déséquilibre dans une routine huilée à la perfection.

James n'aimait pas Edward. Il l'avait maudit dès la nouvelle de sa venue annoncée par Matthew, ce solitaire qui ne cessait de répéter qu'un jour, il s'établirait à Londres. Il fallait croire qu'un truc le retenait sur Taily Fair. Un lieu, un souvenir, quelqu'un. Peut-être la tombe de ses parents, dans le vieux cimetière. James en doutait cependant : il ne l'avait jamais surpris à s'y recueillir. D'un autre côté, il ne le surveillait pas. Peu importait, car il avait commis une belle erreur en ramenant Edward. Ils n'avaient pas besoin d'un instituteur. James faisait lui-même la classe à Johanna, depuis le départ du précédent, et en profitait pour achever l'éducation commencée par leurs parents, décédés eux aussi.

— Je te trouve perplexe, James.

Le photographe se voûta. Il faudrait peut-être virer ce nouvel arrivant à coups de pied au derrière ou de remontrances. James n'aimait pas l'idée de le croiser au village, de le saluer par pure politesse et de le dédaigner par-derrière. Ce n'était pas dans sa nature, tous ces efforts pour accepter un parfait inconnu.

— Ce type ne m'inspire pas confiance, admit-il à contrecœur.

Se confier à sa sœur, très peu pour lui. Elle avait la leçon de morale trop facile. À l'expression blasée sur son visage, il comprit qu'elle s'apprêtait à lui formuler une remontrance de son cru.

— Ton problème, mon cher frère, c'est que tu juges les autres avant même de les connaître.

Ton insolent qui ne souffrait aucune discussion. À cause de la dépression de James, elle oubliait qui prenait les décisions. Ou plutôt, elle ignorait les objections de son aîné, objectait sans cesse et s'entourait de mystère. James ne savait pas le demi-quart de ce à quoi elle occupait son temps libre. En vérité, il la soupçonnait de monter sur les falaises pour observer les gens, en bas, qui s'activaient telles des fourmis. Elle rêvassait énormément, s'interrogeait sur tout. James n'était pas doué pour lui répondre. Il n'était d'ailleurs pas doué pour grand-chose, hormis tirer des portraits.

Photographe de guerre, un boulot qui lui allait comme un gant. Maintenant qu'il n'y avait plus de soldats à immortaliser, ni de veuves, ni de bébés crasseux, il se sentait vide. Inutile. On le privait de ce pour quoi il se montrait compétent : prendre ses semblables sur le vif, imaginer leurs existences, mais ne jamais, jamais essayer de se mettre à leur place. Ne pas se laisser atteindre. Il avait assisté aux conflits à travers un objectif, celui-là même qui l'avait empêché de devenir fou parce qu'il se convainquait de l'utilité de son travail. Plus tard, son œuvre apporterait une vision nouvelle des bombardements, des deuils. Aujourd'hui, il ne parvenait plus à regarder la vie en face. Il avait besoin de son objectif ; ce filtre lui donnait l'impression de pouvoir tout réécrire.

Concernant Edward, il n'avait cependant pas menti : les habitants voyaient sa présence d'un mauvais œil. Pour quel motif ? Ils n'appréciaient pas les nouveaux. Bien ancrés dans leurs habitudes, ils se levaient chaque matin en connaissant le détail de leur emploi du temps, à l'heure près. Ils ne laissaient aucune place à l'erreur ou à l'improvisation. Sans surprise, James fonctionnait de la même façon.

— Les autres ne m'intéressent pas, finit-il par répliquer.

Johanna leva les yeux d'un air exaspéré, se débarrassa du châle qui couvrait ses épaules, puis se dirigea vers le sentier qui descendait au village, sur les pas d'Edward et Matthew.

— Où vas-tu comme ça ? s'exclama James d'une voix plus forte qu'il l'aurait voulu.

— Je rentre. Il fait froid et tu n'arriveras à rien, dans cet état.

Son état ? Lequel ? De quoi parlait-elle ? Sombre idiote ! Il détestait quand elle faisait comme si elle devinait tout de lui. Vaincu, il entreprit de ranger son matériel, un œil distrait en direction de la mer. Il songea aux propos tenus par sa sœur. En effet, il n'aimait pas les gens. Un comble pour lui qui les photographiait ! Il redoutait en fait leur histoire et surtout, de voir se refléter dans leurs yeux ses propres démons.

Pour Johanna, c'était facile. Elle passait des heures interminables à examiner le genre humain. Pure perte de temps. Du gâchis.

8.

L'hôtel. Enfin. Pas que Matthew détestât Taily Fair — quoiqu'un peu quand même –, mais le bâtiment décrépit offrait une sorte de terrain accueillant. Le jeune homme y avait ses repères, le pot à crayons abîmé sur le bord et posé sur le comptoir, par exemple. Ce cadre qui représentait un petit bateau de pêche au large. Il n'avait jamais réussi à le suspendre droit. Détail insignifiant, il avait toutefois son importance pour lui. Matthew se sentait en sécurité dans ce vieil hôtel. Quand il mettait un pied dehors, il craignait parfois d'être pris dans une tempête monstrueuse, de finir comme ses parents.

— Veuillez excuser le comportement de James, annonça-t-il enfin en affichant un maigre sourire. Il n'est pas méchant, juste…

— Antipathique ? hasarda Edward.

Matthew hésita à penser que son hôte se montrait sarcastique ou désagréable.

— J'allais dire asocial, répondit-il.

Edward hocha la tête, tira sa clef de chambre de sa poche de pantalon, puis gagna l'escalier. Il se tourna alors vers Matthew et l'interrogea brièvement du regard avant de formuler sa question.

— Les habitants considèrent-ils vraiment que je suis de trop, ici ?

— Eux non plus ne sont pas méchants.

— Oh, dans ce cas, tout va bien. Je me contenterai de me faire détester et ça devrait convenir aux deux parties.

Edward enjamba la première marche d'un pas lourd. Matthew concevait que les gens de Taily Fair ne fussent pas d'un grand soutien envers ce citadin en exil, mais l'aigreur de cet homme résultait d'un fait extérieur à leur attitude. Rien ne justifiait tant de rancune à l'égard de Matthew non plus.

— C'est sûr que de cette façon, vous allez vous faire un tas d'amis, laissa échapper l'hôtelier.

Il le regretta dès qu'Edward redescendit pour le rejoindre de l'autre côté du comptoir. Il planta son regard froid comme l'acier dans celui de Matthew. Ce dernier espéra une pique bien aiguisée ou un avertissement plutôt qu'un coup.

— Je ne suis pas là pour agrandir mon cercle d'amis qui, du reste, n'existe pas, déclara l'instituteur sans sortir de ses gonds. Je n'ai de problème qu'avec la bouteille.

Combien de fois avait-il répété ces mots devant son miroir pour parvenir à les prononcer avec un tel calme ? Calme apparent, du moins, car à en juger par la veine qui saillait sous son front, il faisait montre d'une volonté exemplaire pour ne pas exploser. Il inspirait à grandes bouffées et dévisageait Matthew sans faillir. Sa lèvre inférieure mordue jusqu'au sang pour se contenir, il attendit que son hôte daignât ouvrir la bouche.

— Je ne voulais pas me mêler de votre vie privée, Monsieur.

— Edward, ça suffira. Pour ce qui est du reste, n'en parlons plus. Les souvenirs de la guerre exercent un effet différent sur chacun de nous. Je suppose.

Matthew le laissait monter quand une question lui brûla les lèvres.

— Monsieur ! Euh, Edward...

L'intéressé pivota sur ses talons. Aucun signe d'agacement ou d'inimitié ne marquait ses traits. Matthew hésita quand même avant de se jeter à l'eau.

— Avez-vous... perdu des proches au cours de ces dernières années ?

— Uniquement ce qui s'apparenterait le plus à un ami, mais je ne vois pas l'intérêt d'une telle conversation entre deux inconnus.

Les épaules de Matthew s'affaissèrent.

— Non, en convint-il. Bien sûr que non.

Edward le salua. Un silence soudain s'abattit sur la pièce. Il aspira le souffle du vent qui cognait à la porte, le bruit des chaussures d'Edward sur le plancher, le tintement du trousseau avec lequel il jouait. Matthew déglutit. Son cœur s'emballa sans qu'il en perçût les cognements sourds. Moins d'une minute plus tard, Edward atteignait le premier étage et à l'oreille, Matthew put le suivre à la trace : les pas qui s'imprimaient sur la moquette, le grincement de la porte.

Matthew prit une profonde inspiration. Il avait rêvé, ni plus ni moins. Sans quoi, Edward aurait remarqué l'absence de sons. Matthew mit donc ceci, cet évènement sans nom et dépourvu de raison, sur le compte d'une fatigue tenace. Il dormait, et sans la moindre explication, se levait chaque matin épuisé. Depuis peu – trois ou quatre semaines ? –, une vive douleur alourdissait ses bras, rendant ses gestes incertains. Il présentait parfois des griffures et des bleus. Sans parler de ses fréquentes quintes de toux, comme si une matière douce lui chatouillait la gorge.

Ce soir-là, il se coucha avec la sensation d'avoir loupé un point important dans sa compréhension d'autrui.

9.

La première journée d'Edward en compagnie de ses nouveaux élèves se déroulait dans le silence. Il entendait les mouches voler. Au sens propre du terme. Un noyau de mouches tournoyait au fond de la salle, près de la dernière fenêtre qui donnait sur le bois, à l'image de vautours, petits et écœurants avec leurs corps verdâtres. S'écartaient quand Edward passait dans les rangs, puis revenaient à leur position, comme aimantées par les deux élèves assises à côté.

Ed les scruta, tandis que les enfants effectuaient leurs exercices. Elles ne différaient en rien de leurs camarades. Sally Barton était déjà grande pour son âge et ses longs cheveux blonds bouclés tombaient en cascade dans son dos, pourtant rehaussés en une élégante queue, un ruban bleu cobalt pour les retenir. De sa personne émanait de l'indifférence. Elle cheminait, tête basse, et sa démarche nonchalante suggérait un ennui profond, couplé à une volonté de passer inaperçue. Elle ne bavardait pas, sa voisine non plus, d'ailleurs.

Emily Letterford, elle, dégageait une arrogance monstrueuse. Elle dévisageait les gens, tant que son regard perçait presque la chair des fruits de ses observations appuyées. Les talons de ses souliers vernis claquaient sur le plancher quand elle marchait fièrement. Elle était de ceux à qui l'on donne le Bon Dieu sans confession, mais Edward ne doutait pas de sa langue de vipère. Ses yeux rieurs, étroits et brillants, laissaient deviner un aspect moqueur. Elle considérait tout ce qui l'entourait avec avidité et sa mine fermée ne confirmait pas ses intentions.

Edward finit par les ignorer, bien que l'air insistant d'Emily donnât l'impression de toujours planer sur lui. Il ne se sentait pas à l'aise avec de tels élèves, si sûrs d'eux, et avait du mal à se persuader qu'il leur offrait ses connaissances, à eux qui jugeaient avoir forgé le monde de leurs petites mains si lisses d'un quelconque ouvrage jamais effectué. Ed essaya bien d'ouvrir la fenêtre pour profiter d'un vent léger et vivifiant qui s'empresserait de chasser la fétidité ambiante, mais de nouvelles mouches s'ajoutèrent aux précédentes et ainsi de suite. Dociles, les élèves ne se plaignirent pas de l'odeur, mais le trentenaire vit des yeux rouler et des bouches se tordre en grimaces de dégoût.

Le reste de la journée glissa lentement vers dix-huit heures et Sally, une jolie boîte en fer dans les mains, se présenta au bureau d'Ed pendant que les autres quittaient la classe. Seule Emily tardait à ranger son matériel et ses coups d'œil en direction de l'instituteur n'échappèrent pas à ce dernier. La fillette chercha ses mots, puis se hissa sur ses pieds pour tendre la boîte vers lui avec un sourire. Edward la remercia d'un hochement de tête avant de poser les mains sur le présent. D'un geste délicat, il ôta le couvercle. Un nuage de puanteur lui coupa le souffle, précédent de peu la nausée. Il se leva d'un bond, poussant Emily au sursaut, toujours au fond, et jeta malencontreusement la boîte. Le contenu se répandit aux pieds de Sally. Tétanisée, elle fixa l'oiseau à la prunelle éteinte et aux boyaux picorés.

Edward s'empressa de contourner le bureau pour ramasser le cadavre. Le bec ensanglanté supposait une défense de la part du volatile. Sa nuque, molle, indiquait qu'on l'avait brisé. Ed osa espérer que l'attaque des viscères se fût déroulée ensuite. Son mouchoir dans une main, la boîte dans l'autre, il replaça le corps dans son écrin de fer, puis referma.

— Maman avait préparé des biscuits secs, articula Sally.

Elle ne détachait pas les yeux de l'endroit où était tombé l'oiseau, comme si une empreinte avait rongé le sol pour rappeler sa présence.

— Maman avait préparé des biscuits secs, répéta l'enfant.

Emily, de son côté, quitta la salle d'un pas vif et avec un air satisfait. Voilà qui alimenterait quelques ragots de plus, à en croire le sport national des habitants de Taily Fair, dont avait parlé Matthew.

— Quelqu'un m'aura joué une affreuse farce, répliqua Edward d'un ton sec.

Il s'efforça d'être agréable quand Sally partit à son tour, mais il n'en avait pas envie. Farce ou non, elle ne lui plaisait absolument pas.

10.

Le ciel crépitait au-dessus de Taily Fair quand Amanda, grande demoiselle aux cheveux blonds en cascade, ramassa une enveloppe à demi glissée sous sa porte. Son visage déjà pâle blêmit davantage. Elle ne put réprimer le tremblement de sa main qui trahit son inquiétude et serrait à peine le pli. La tentation de le lacérer de ses ongles lui traversa l'esprit, sauf qu'elle tenait à découvrir ce qu'il contenait. Elle avait bien sa petite idée sur le sujet, mais si elle le déchiquetait, le doute l'envahirait pour de bon.

Elle resserra donc la ceinture de son peignoir clair pour se donner contenance et s'empressa d'ouvrir l'enveloppe. Elle dut s'y prendre à plusieurs fois avant de s'attarder enfin sur ce qu'elle contenait. Embarrassée, elle suspendit son geste, balança le pour et le contre, puis déplia la feuille. Un vulgaire bout de papier, en somme. On en trouvait dans n'importe quelle papeterie, n'importe quel cahier. Ou livre. Amanda nota la déchirure irrégulière qui courait sur la gauche. De plus, le format s'avérait inhabituel. Un bout de papier pas si banal, en fin de compte. La jeune femme endossait certes un rôle ingrat durant la guerre, mais elle n'était pas née de la dernière pluie.

Le message était l'œuvre du corbeau, à n'en pas douter ; le courrier n'arriverait que trois jours plus tard, par le biais du *Tristan*. Abigail Barton ? Amanda s'était confiée une fois à elle. D'un regard mauvais, Amanda balaya la portion de rue qu'elle apercevait depuis sa fenêtre, à la recherche d'une silhouette mal tapie ou intentionnellement provocatrice. Les fourrés entourant la maison qu'elle louait dissimulaient une bonne partie de la voie et il n'y avait aucune habitation en face. Celle d'Amanda bénéficiait d'un isolement qui, en cet instant, l'effraya. Personne. Elle donna un coup de pied rageur dans le guéridon qui jouxtait l'entrée. Le vase qui y reposait s'écrasa à terre et la porcelaine vola en éclats.

Sur la feuille abîmée, trois mots aux lettres maladroitement découpées dans des bouquins. De gros caractères, majuscules ou des lettrines. Tous mal collés. Amanda chiffonna le papier et le jeta au milieu des débris du vase. En mille morceaux, à l'image de la vie d'Amanda, qu'elle s'efforçait de réassembler. Une catastrophe. Des larmes sillonnèrent ses joues creusées pour s'écraser sur ses genoux, remontés contre sa poitrine. Elle venait de se laisser glisser sur le sol glacé, abattue par ce coup bas. Des spasmes secouèrent son corps recroquevillé, puis elle finit par ravaler ses sanglots avec une grimace, s'essuya les yeux d'un revers de manche et se hissa sur ses longues jambes molles pour gagner la cuisine.

Qui que fût le corbeau, il l'avait forcément croisée, sinon comment connaîtrait-il un pan entier de sa vie, qu'elle s'abstenait de dévoiler ? Un ancien soldat ? Une fréquentation dont elle n'avait gardé aucun souvenir ? Elle effectua un rapide tri dans sa tête et conclut qu'aucun ne vivait sur l'île. Une épouse, alors ? Abigail Barton, peut-être. Amanda ne lui avait parlé qu'une fois,

33

mais… Elle hoqueta d'un air pitoyable, récupéra la boulette de papier et craqua l'une des allumettes qu'elle emmenait partout pour fumer. La flamme lécha doucement la feuille. Celle-ci prit une teinte brunâtre avant de brûler pour de bon. Avec une certaine fascination, comme s'il devenait possible d'effacer un fragment de passé de cette manière, Amanda la jeta dans l'évier et la regarda se consumer.

11.

— J'avoue qu'on ne vous a pas loupé sur ce coup-là, admit Matthew en servant un ragoût à Edward.

Celui-ci venait de lui conter ses mésaventures relatives au cadeau de Sally Barton et l'hôtelier avança vite une hypothèse.

— Un élève mauvais dans l'âme aura troqué les biscuits de la pauvre enfant contre ce cadavre d'oiseau. Sally ne fait pas l'unanimité auprès de ses camarades ni sa mère auprès des villageois.

Ed haussa un sourcil interrogateur. Naturellement, lui qui était voué à vivre là, parmi ces personnes, pendant une année, ne pouvait que demander à connaître les détails. D'ordinaire, Matthew évitait ces sujets destinés à catégoriser les gens, mais il ne pouvait refuser à un nouvel habitant des explications. Il en avait trop dit ou pas assez.

— Tout d'abord, sachez qu'Abigail est une très bonne personne, commença-t-il avec prudence. La preuve en est, s'il vous en faut une, qu'elle seule vous a préparé des biscuits.

Edward en convint. Son hôte s'attabla, puis porta le regard sur son assiette.

— Mangez tant que c'est chaud, conseilla-t-il.

Une bouchée plus tard, il poursuivit son récit.

— Son mari était originaire de l'île, mais pas elle. Les villageois lui ont vite fait comprendre qu'elle n'avait pas sa place parmi nous, mais elle a tenu bon. Elle a du caractère et une volonté impressionnante. D'ailleurs, elle élève seule Sally depuis la mort de son époux. Certains habitants lui reprochent de l'avoir oublié. Il a disparu pendant la guerre et son corps n'a pas encore été retrouvé. D'autres pensent que ça l'arrange. Enfin, moi, je ne me mêle pas de ça. Abigail ne m'a jamais causé de tort, voilà tout ce qui compte.

— Parce que d'autres personnes vous en ont déjà causé ?

Matthew, qui s'apprêtait à couper un autre morceau de viande, suspendit son geste, avant de reposer ses couverts.

— Je vous l'ai dit, hier : les gens parlent.

— Visiblement, vous, vous écoutez.

Edward commença enfin son repas, au grand soulagement de Matthew. Il ignorait quelle mouche piquait l'instituteur, mais il avait décidé de se montrer désagréable au possible. Sans doute une conséquence de sa macabre découverte en lieu et place des délicieux biscuits secs de la non moins délicieuse Abigail Barton.

CHAPITRE II

1.

Deuxième jour d'école, un véritable fiasco. Edward essuyait les remontrances des Letterford, parents de leur copie conforme de fille, Emily. Monsieur levait le menton avec dédain, tandis que madame brandissait un index autoritaire. Sa poitrine généreuse balançait sous son chemisier, au rythme de ses réprimandes animées. Ses gros yeux jetaient des éclairs, de même que ceux du mari. Lui mesurait une bonne tête de plus qu'Edward et en profitait.

Les cours à la maison possédaient leurs avantages et envoyer un instituteur sur l'île en milieu d'année scolaire perturbait les gamins. Pour finir, à quoi bon faire la classe aux plus de quatorze ans ? Ces derniers étaient en âge d'aider leurs parents, de travailler. Ed renonça à essayer de les raisonner avant même d'avoir commencé. Une autre mère lui assura qu'il ne ferait pas long feu sur Taily Fair, avant qu'il fermât l'établissement, et ajouta que l'oiseau mort ne pouvait être qu'un signe. Emily Letterford avait correctement colporté l'abominable nouvelle et l'île entière avait de quoi nourrir de sottes idées. L'hôtel ne se situait qu'à quelques mètres, assurément les plus longs de la carrière d'Edward.

— Ne les écoutez pas, Monsieur, retentit une voix féminine et joviale dans son dos.

Il se tourna pour souhaiter le bonsoir à une quadragénaire au sourire réconfortant.

— Ils finiront par se lasser, ajouta-t-elle en lui tendant la main pour les présentations. Abigail Barton, je suis la mère de Sally et j'en profite pour m'excuser du désagrément causé hier.

— Edward Borrow. Votre fille est déjà…

— Sortie, oui, j'imagine. Elle est allée jouer, elle rentrera pour le dîner.

Le jeune homme répondit à la poignée de main, rassuré de constater que tous ne souhaitaient pas le voir retourner sur le continent.

Abigail Barton avait un visage sévère et des yeux gris tempête. La jupe droite qu'elle portait accentuait cet aspect exigeant, ainsi qu'elle la vieillissait. Ses traits ne présentaient pourtant rien de désagréable, ni revêches ni repoussants. Au contraire, son regard se révélait lumineux. Quant à son timbre, plaisant et mélodieux, il n'eut aucun mal à mettre Edward en confiance.

— Ces gens sont trop enracinés dans leur routine. Ils ont leurs habitudes ; accordez-leur quelques semaines.

— Inutile qu'ils se pressent : j'ai l'année devant moi.

Abigail eut un rire amusé qui acheva de dérider Edward. Elle, au moins, ne restait pas insensible à son goût pour le sarcasme. Peut-être qu'ils s'entendraient bien, tous les deux, car sa relation avec les autres, Matthew inclus, débutait assez mal.

— Un thé devrait vous requinquer, proposa Abigail en ouvrant la marche. J'habite au bout de la rue. Partant ?

Ed bafouilla avant de confirmer. Il ne voulait que l'on jasât sur son compte, encore moins entacher la réputation de la seule sur cette île à lui proposer un quelconque appui. Une petite tasse en agréable compagnie lui permettrait toutefois de tirer un trait sur cette horrible journée.

— Qu'est-ce qui amène un jeune instituteur dans un endroit pareil, si je puis me permettre ?

Edward eut un moment de flottement. Entretenir des interactions sociales ne signifiait pas raconter sa vie à la première personne venue, mais malgré ses réticences, une part de lui-même aurait aimé se confier à quelqu'un. Il croyait que son arrivée à Taily Fair changerait la donne, qu'il s'y sentirait tout de suite mieux qu'à Londres. En vérité, il avait beaucoup misé sur ce dépaysement. Il s'imaginait un nouveau départ sur sa terre d'accueil et finalement, quel accueil, oui ! Il feignit de ne pas avoir entendu, se contentant de suivre sa récente connaissance chez elle, avec l'impression qu'on les épiait.

2.

James suivait Edward à la trace. Ce type, avec ses airs aimables, lui inspirait une honnêteté mitigée. Qu'est-ce qu'il venait faire dans un endroit perdu tel que Taily Fair ? Qu'est-ce que cette île de malheur lui apporterait ?

Edward fermait sa salle quand Abigail l'aborda. Une liaison. Déjà ! La méfiance de James payait. Cet étranger débarquait sans se soucier des autres ou de leur tranquillité, et comble du comble, il jetait son dévolu sur la brebis égarée du troupeau dès le deuxième soir ! Quel répugnant personnage ! Voilà qui contrarierait Matthew, lui qui apparaissait prêt à répondre de son hôte.

— La bouteille, cracha James dans un murmure. C'est la bouteille qui le corrompt.

Il n'avait jamais été très pieux, mais reconnaissait un cas désespéré, contre nature ou impie, quand il en croisait un. De là à dire qu'Edward Borrow était le mal personnifié et qu'il exacerberait les malheurs sur l'île, il n'y avait qu'un pas. Au pire, Edward l'était véritablement. Au mieux, il servirait de bouc émissaire en cas de conflit interne.

— Qu'est-ce que tu fabriques ? Ça ne te ressemble pas de sortir après dix-huit heures.

James se tendit et ordonna à sa sœur de ne plus prononcer un seul mot. Dix-huit heures. Cet instant à partir duquel, chaque jour, il ne mettait plus les pieds dehors. Pour une fois qu'il dérogeait à cette règle – stupide règle ! –, Johanna allait l'ennuyer avec ça.

Il s'imposait cette interdiction par peur. Réaction idiote, il le savait. Rien n'augurait qu'il décéderait dans les mêmes circonstances que ses parents, surtout pas au même instant, à la seconde près. Sa crainte le conditionnait à des pensées et à des réactions disproportionnées. Johanna ne comprenait pas comment on pouvait s'empêcher de quoi que ce soit dans le seul but d'espérer annihiler l'appréhension. Le comportement de James répondait malgré cela à une logique implacable, un réflexe tout à fait légitime. Où essayait-il de s'en convaincre ? Nora avait aperçu deux silhouettes sur l'isthme, le soir du drame. Dix-huit heures, où le danger rôdait pour la nuit entière. Le passage entre la Grande et la Petite se révélait déjà fourbe en plein jour. Le témoignage de la vieille cinglée avait prouvé à James que Taily Fair puait la mort et l'infortune.

Trahi par ses habitudes, et parce qu'il ne souhaitait pas peiner Johanna, il s'évertua à avouer la vérité.

— En tout cas, cette salope d'Abigail n'aura pas perdu de temps ! Avoir à peine appris le décès de son mari et…

— Elle a dû se faire une raison il y a longtemps.

3.

Edward franchissait le seuil de l'hôtel quand la nouvelle tomba : Sally Barton avait disparu. La fillette peu populaire à la mère également dépréciée. Cette enfant qui, la veille encore, souriait en tendant sa boîte en fer supposée pleine de biscuits secs. L'instituteur, en revoyant son visage bas, resta coi, avant de se ressaisir à demi.

— Je…, bredouilla-t-il. En êtes-vous sûr ?

Matthew considéra son hôte d'un œil étrange. À quoi pensait-il en cet instant précis ?

— Pourquoi ?

— Je… je reviens de chez sa mère.

Le visage de Matthew parut s'ouvrir d'un coup.

— Vous avez rencontré Abigail ? Charmante personne, n'est-ce pas ?

— Disons qu'elle a l'air, euh, normal par rapport aux autres.

Matthew se rembrunit.

— Je vous remercie, maugréa-t-il en enfilant son manteau. M'accompagnez-vous ?

— Où ça ?

— On organise une battue pour retrouver la petite. Vous êtes son instituteur.

Edward hésita. Il voyait où l'hôtelier voulait en venir, mais ça le gênait de participer à une battue pour une élève volatilisée. S'il acceptait, les autres inventeraient mille et une théories pour justifier sa présence. Dans le cas contraire, ils crieraient au monstre.

— On risque de soupçonner le petit nouveau, non ?

Matthew grimaça, chiffonné.

— Et puis une battue…, enchaîna Ed. Que s'est-il passé ? Qu'est-ce qui nous dit qu'elle a bien disparu ? Elle pourrait flâner quelque part.

— Sa mère dit qu'elle n'est pas rentrée de l'école.

— Elle pourrait *quand même* flâner quelque part. Elle aura emprunté un autre chemin ou oublié de revenir, qu'est-ce que j'en sais, moi…

Rien ne justifiait les inquiétudes d'Abigail, mais en l'imaginant terrifiée, Edward se demanda s'il ne devait pas venir malgré tout. À sa place, il perdrait toute notion de réalité dans un monde en train de s'effondrer.

— Allons, ne restez pas planté là ! s'exclama Matthew d'un ton encourageant. Nous verrons bien.

4.

Nora posa ses yeux clairs, un peu doux – en tout cas, sans la moindre lueur hostile – sur Sally. La fillette ressemblait beaucoup à son père, que tous croyaient mort au combat. Dire qu'il n'avait jamais franchi la limite de l'île ! Son canot avait affronté une vague terrible près de l'isthme, avant de finir contre un récif.

À proximité du passage, Nora s'y tenait précisément. Ses longs doigts maigrelets tapotaient le fond de ses poches de manteau en marquant son impatience. Égrener les secondes. Retenir le cri de victoire qui lui démangeait les cordes vocales. Son cœur battait trop vite. Ses veines bouillonnaient. Son corps entier frémissait d'une excitation trop rare. Puis Sally la reconnut et toute la crainte luminescente dans ses prunelles, incrustée dans ses traits, disparut en un éclair. Sa naïveté rendrait-elle cette soirée plus savoureuse encore ? Il n'y avait qu'un moyen de le découvrir.

Amusée, Nora se volatilisa dans le brouillard naissant. Sally l'interpella, une once d'appréhension dans le timbre. Plus savoureux ainsi, en effet.

Sally aimait jouer de ce côté de l'île après la classe, en dépit des interdictions de sa mère. Sa pauvre mère. Comment réagirait-elle si on ne retrouvait pas Sally ? Se maudirait-elle de ne pas s'être montrée assez ferme, car chacun connaissait la peur de son voisin à l'idée d'approcher l'isthme ? Se le reprocherait-elle ? Deux drames au sein de la même famille, quelle fatalité ! Mais Sally n'encourait aucun danger.

— Les plumes, ma chérie, murmura Nora. Les plumes.

De petits pas en petits pas, maladroits, mais jamais hésitants, elle s'écarta de la Grande et s'engagea sur le passage mordu par les vaguelettes. Parvenue de l'autre côté de ce sentier dont elle appréciait chaque irrégularité dangereuse, elle attendit que les appels de Sally s'évanouissent, puis bomba sa frêle poitrine, réunit assez de force et poussa une exclamation puissante. Une voix différente de la sienne jaillit de sa gorge. Plus mélodieuse que son habituel ton bourru, mais si peu humaine qu'elle lui en donna la chair de poule. Elle l'effrayait toujours un tantinet, car elle était la preuve la plus tangible de ce qu'elle incarnait. En dehors des plumes qu'elle ramassait, bien sûr. Une plume, néanmoins, ça se brûlait. Les souvenirs, non.

Très vite, Sally suivit le signal qu'elle dut croire appartenir à sa mère. Après tout, Nora avait assez discuté avec Abigail pour reproduire les fluctuations, la texture et la légèreté de la voix de la veuve. Un sentiment de pleine satisfaction la baigna dans une sorte de béatitude. Elle poursuivit sa besogne, ouvrant l'œil en espérant distinguer une silhouette délicate découper la brume dans sa direction. Quand ce fut le cas, sa poigne étonnamment solide se ferma sur le bras de Sally. Celle-ci écarquilla les yeux, voulut crier, mais une paume duveteuse sur sa bouche l'en empêcha.

5.

Une pluie légère tombait et formait un mince rideau liquide au bout du faisceau de la lampe que baladait Edward. Il suivait scrupuleusement Matthew en tâchant d'ignorer les mines désapprobatrices autour de lui. Sur le chemin qui menait à l'ancien village, l'hôtelier n'avait cessé de lui répéter que tout se passerait bien. Une dizaine de minutes d'une tension palpable et celle-ci s'accentuait dans l'esprit du trentenaire. En résultait un début de psychose associée à une méfiance exacerbée. Edward s'était installé sur Taily Fair pour vaincre des démons tenaces, non pour finir sur le banc des accusés.

Matthew devait son déplacement à la seule empathie d'Ed. Ce dernier avait imaginé croiser Abigail Barton, le lendemain, à la sortie de l'école. Il lui aurait été impossible de soutenir le regard de cette mère éplorée, qu'il jugeait aimable – à défaut de ne pas se montrer odieux. Il ne se sentait pas à sa place, surtout qu'il pensait, non pas bénéficier d'un quelconque soutien de la part d'Abigail, mais d'une absence de dédain. Qu'elle le méprisât ouvertement ou qu'elle jouât la carte de l'hypocrisie, Edward se demanda lequel l'aurait le plus affecté. Il aurait toutefois considéré un manque de sincérité comme une conséquence de sa peine ou une preuve de savoir-vivre.

S'abstenant de toute remarque, car ce n'était ni le lieu ni le moment, Edward suivit Matthew en direction de la baraque qu'occupaient Léonie et son fils. Le brouillard se levait. En admettant que Sally eût fait une chute avant de perdre connaissance, personne ne la retrouverait au milieu de cette brume. Elle gisait sans doute au fond d'un ravin et… L'instituteur secoua la tête. Il supposait la fillette déjà morte ! D'un autre côté, et selon toute vraisemblance, Taily Fair ne respirait pas la quiétude escomptée. Edward se rembrunit quand Matthew souligna sa motivation insuffisante.

— Vous allez passer pour un rustre, lui reprocha-t-il en vérifiant derrière un épais fourré.

— Je passe déjà pour un coupable idéal… Dites, croyez-vous que Léonie aurait pu enlever la petite ?

— Elle est à éviter, mais on n'a jamais retrouvé aucun enfant disparu à son domicile.

— Aucun enfant dis…

Edward s'interrompit. Soit il avait mal compris, soit l'hôtelier se payait sa tête.

— Y a-t-il des détails que je devrais connaître ?

— Cette île est dangereuse, répondit Matthew sur le ton de l'évidence. Il arrive que certaines personnes ne réapparaissent pas. De là à soupçonner le premier venu… Ça se tassera.

Il posa une main compatissante sur l'épaule d'Edward.

— Ça se tassera, répéta-t-il avec une confiance candide.

6.

James marchait en direction de l'ancien village sans enthousiasme aucun. Il connaissait l'identité du responsable, alors pourquoi s'obstiner à chercher ? Il suffisait de le mettre au bout de son canon de carabine et de lui poser les bonnes questions. Ça lui passerait l'envie de recommencer. Les forces de l'ordre n'accostaient jamais l'île, personne ne s'apercevrait l'absence d'un homme esseulé.

Johanna dut s'apercevoir du trouble de son frère, car elle plaça la main sur son avant-bras. Ce seul contact aida le photographe à retrouver l'instant présent : la guerre était finie, aussi rien ne justifiait qu'il se comportât tel un monstre. Il ravala son aigreur envers Edward, mais pas les suspicions qu'il nourrissait à son égard. Du reste, *chaque* sentiment, constat ou hypothèse alimentait *chaque* situation. Ici, plus qu'une autre, car une gosse s'était volatilisée et il y avait cet isthme affreux à proximité. Les poils de James se dressaient au garde-à-vous sur sa nuque rien que d'y songer.

— Rentre, ordonna-t-il à Johanna.

Il redoutait ce qu'il pouvait lui arriver par cette nuit fraîche et brumeuse. Tendue, également. Les habitants présents avaient les nerfs à fleur de peau, ils ne discutaient pas, hormis Edward et Matthew, contraint de lui répondre, même si on ne parlait pas vraiment d'un habitant pour le premier, tout au plus d'un occupant, un individu de passage. Une ombre qu'une rafale balaierait, d'un coup, de la carte.

James serra le poing autour de sa lampe de poche. Il avait photographié des mutilés, des veuves, des orphelins, tous marqués par les conflits. Des enfants dont l'expression du visage indiquait que rien ne les toucherait jamais plus parce qu'ils venaient d'endurer le pire. Il avait croisé des sourires de façade, entendu des éclats de rire factices. Difficile de jouer les insensibles face à tant de souffrance et de rage dissimulées, de volonté. James l'avait fait, plaisantant avec ces éclopés, rivalisant d'inventivité avec ces gamins pour repeindre le monde, ignorant les suppliques silencieuses de ces femmes qui n'y survivraient pas. Alors, aujourd'hui, il se remettait en question. En découlaient des maux d'estomac infernaux et une frustration qu'il exorcisait au mieux en tirant des portraits heureux. Bon, Johanna ne respirait pas la joie de vivre, mais si on évitait de lire dans ses yeux la lassitude, elle se révélait très agréable à observer.

— Rentre, répéta James en durcissant le ton.

Sa cadette ouvrit la bouche pour répliquer. Toujours cette manie de discuter les ordres, cette arrogance dans la gestuelle. Elle finit par obtempérer. James n'avait pas bougé d'un millimètre, bien campé sur ses positions. Épaules basses, Johanna tourna les talons et emprunta le sentier en sens inverse. Il la suivit du regard jusqu'à la perdre de vue. Jusqu'à ce qu'il le crût. Une silhouette de sa taille, mais plus frêle, se détacha de l'obscurité. James accéléra dans sa direction, bifurqua à sa suite sur la gauche et plissa les yeux pour vérifier qu'il ne se trompait pas. Il se figea instantanément.

L'isthme.

Il s'apprêtait à l'emprunter.

Sans même s'en apercevoir, il avait posé le bout de sa chaussure au bord du passage et déjà, des frissons d'angoisse remontaient le long de sa colonne vertébrale. Il demeura indécis, égrena les secondes – soixante – pour se raccrocher à une valeur tangible et recula enfin le pied. Il soupira de soulagement.

La fillette errait dans l'ancien village, près de la cabane de Léonie et de ses trois tombes. Pourquoi ne rentrait-elle pas auprès de sa mère, bon sang ? Quelle mouche l'avait piquée ? James avala une goulée d'air pour signifier la présence de Sally, mais aucun son ne sortit de sa gorge. Il se décida donc à rebrousser chemin, faisant fi du poids de ses jambes. Il rejoignit péniblement quelques autres, un peu plus loin. Amanda le scruta. Déchiffrait-il de l'inquiétude sur son visage ?

— J'ai besoin que vous me suiviez, lui confia-t-il.

Frileux à la perspective de repartir seul pour récupérer Sally, il essaya de tirer discrètement Amanda vers lui.

— Lâchez-moi, ordonna-t-elle.

Il obéit avant de se confondre en excuses. Il ne voulait ni l'effrayer ni la contraindre. Avec ce remue-ménage, ses idées se mêlaient pour former un monstre difforme qui réduisait à néant ses efforts de raison.

7.

Amanda supposait une appréhension de la part de James. Elle l'avait entendu qui renvoyait sa sœur chez eux, sans la moindre explication. Il était alors plongé dans ses réflexions, puis il avait disparu. À présent, ses traits oscillaient entre l'agacement et le tic nerveux.

Avant d'accepter de suivre James à l'aveuglette, Amanda s'interrogea sur l'utilité d'une telle entreprise. Elle ne le côtoyait que depuis peu, ignorait même jusqu'à son âge et sa confession. Il représentait un visage ni amical ni odieux et elle avait à peine l'habitude de le croiser dans le village. Il la saluait brièvement quand il n'était pas perdu dans ses pensées. Pour résumer, elle se préparait à marcher sur les pas d'un presqu'inconnu.

Elle lui donna pourtant son accord. Une rafale la poussa à reculons. Devait-elle la prendre comme un signe ? Trop tard, James l'entraînait déjà vers les vieilles habitations, à un rythme qu'elle considéra inadapté pour quelqu'un qui chiait de frousse.

Amanda n'y voyait pas à deux mètres. La main toujours emprisonnée dans celle du photographe, elle hésita à chercher à se libérer, puis jugea qu'une petite fille disparue n'avait nullement à pâtir de la peur d'une adulte. Quoi qu'eût pu lui faire James, elle saurait toujours mieux se défendre que Sally, perdue dans la nuit, le brouillard et le froid.

8.

James accéléra le pas malgré lui. L'égarement lui dictait ce rythme. Un pan de sa logique, aussi, car s'il stoppait net, il s'effondrerait à genoux, paralysé. Il avait approché l'isthme d'un peu trop près et les souvenirs se succédaient depuis : l'époque où Johanna riait encore, le matin, à l'aube, où elle avait perdu le sourire, l'expression neutre de ses traits… James avait tremblé en lui annonçant la mort de leurs parents. Ses lèvres avaient tremblé, ses doigts aussi. Une secousse dans son corps. L'admettre à voix haute était différent que de se l'entendre dire. Au début, il crut que, comme lui, Johanna ne réalisait pas. Jusqu'à ce qu'elle lui reprochât, avec de gros yeux et les sourcils froncés, de raconter des mensonges. Elle le montra du doigt, lui, le monstre de bêtise, l'ignoble grande personne. Elle serra ses petits poings rageurs, ce matin-là, avant de reprendre son guet derrière la fenêtre de la cuisine, tournée vers la mer.

Un frottement dans la paume de James ramena ce dernier là où il se tenait : à mi-chemin entre le village et les ruines. Il s'était arrêté, ses jambes flageolaient et un filet de sueur glissa entre ses omoplates.

— James ?

Il fit volte-face, lâchant Amanda. Il bredouilla, s'attarda sur sa main, puis sur la jeune femme.

— Je ne me rappelais pas que je vous tenais.

— Et si nous continuions ? proposa-t-elle.

Il n'aurait su préciser si son ton reflétait l'impatience, l'agacement ou le reproche. Sans un mot ni regard, James reprit son chemin avec la sensation de marcher sur des œufs. S'il abordait encore cet isthme de malheur, il ne trouverait plus la force de reculer. Cet endroit résonnait comme un appel en lui, en chacun des occupants de Taily Fair. Il fallait être dément pour traverser cette étroite bande de terre et de roche. James craignait qu'une nuit, il perdît assez la raison, l'espoir voire les deux pour s'adonner à cette folie. Avec ses parents qui l'avaient parcouru avant lui, il existait peut-être des gènes, que savait-il encore ! Des signes précurseurs. Parfois, il réécrivait dans sa tête les dernières heures de son père et de sa mère, puis abandonnait. Tout était normal, comme Johanna, qui grandissait avec mélancolie, mais sans développer de trouble. Lui, James Nesbitt, vivait la peur au ventre et se réconfortait auprès de la paranoïa, simulacre de repères autoétablis.

Il continuait d'avancer et luttait contre le vent, de plus en plus vivace. Le dos courbé, il progressait peu, mais chaque pas marquait une petite victoire.

Une matière duveteuse lui chatouilla le nez. Quand il baissa les yeux, une plume aux couleurs chatoyantes voguait dans les airs au rythme des rafales. Elle finit par disparaître dans le brouillard, presque opaque autour de l'ancien village. Un parfum flottait dans les parages, familier à l'odorat du photographe sans qu'il mît un nom dessus. Âcre, versatile et assez indéfinissable, il dérouta James le temps d'un clignement de paupières. Deux, maximum. L'odeur allait, venait, l'enveloppait, puis s'évaporait, avant de lui envahir les narines. Il ignorait si Amanda souffrait également de la résistance du vent, des relents et de la crainte. À cran, il n'osa pas se tourner afin de prendre de ses nouvelles. Une seconde d'inattention et tout pouvait basculer.

— Qu'est-ce que…, s'interrompit Amanda.

James la voyait aussi. Enfin, « voir » était un bien grand mot dans ces circonstances. Les bancs de brume dansaient devant ce qui s'apparentait à une forme inconnue, ou en tout cas, difficilement identifiable. Il douta, s'arrêta et balança le pour et le contre. Tout se déroula très vite. Les pensées, hypothèses défilèrent en un éclair. S'agissait-il d'une silhouette ? Cela y ressemblait-il ? Ça frémissait, donc ça vivait. Est-ce que ça réfléchissait, est-ce que ça avait peur ?

À tâtons, il chercha la main d'Amanda du bout des doigts. La même matière douce que précédemment lui effleura la paume, s'y lova un instant, puis s'envola ailleurs. Et toujours ce parfum, désormais entêtant.

James suspendit son souffle. Son pouls cognait contre ses tempes. Il avait froid, chaud, était atteint d'une fièvre sans nom. Les bourrasques lui fouettaient les joues et le faisaient pleurer. Il n'avait d'autre choix que de persévérer, maintenant qu'il se tenait là, à trois mètres de la forme. Elle ne bougeait toujours pas à proprement parler. James aurait volontiers qualifié ses mouvements de spasmes.

Deux mètres. Une grande nuée de plumes envahit l'air, accompagnée de cette odeur âcre exacerbée en une puanteur à vomir. Le vent éparpilla tout dans un ballet multicolore, terni par le brouillard et le crachin. Soudain, la masse indéterminée avait disparu. Un tas de plume. Un vulgaire tas de satanées plumes ! James s'en voulut d'avoir cédé à la panique. Ses jambes le soutenaient encore, mais son esprit frôlait l'aliénation. Il pivota sur ses talons avec mollesse, guetta une réaction chez Amanda, puis partit d'un grand éclat de rire. Ce qu'il avait eu la trouille, bon Dieu ! À faire pâlir un mort. Enfin, lorsque sa crise cessa de le secouer, il enjoignit son accompagnatrice à le suivre sur la route du retour.

— Qui aurait pu ordonner ces plumes, à votre avis ?

— Vous posez trop de questions, répliqua James d'un ton bourru.

Il claqua la langue histoire d'insister sur l'état dans lequel sa curiosité le mettait. Cette sotte d'Amanda venait de réduire sa fragile bonne humeur en cendres.

Il s'arrêta, fouilla dans sa poche et en sortit une boîte d'allumettes accompagnée d'une cigarette. Positionné contre le vent, il tâcha de l'allumer, y parvenant à la troisième tentative. Il tira une bouffée salvatrice, puis cracha la fumée dans la brume. Amanda l'observait. Elle détaillait ses gestes avec une attention particulière.

— Vous devriez essayer, dit-il pour briser la glace. Ça calme les nerfs.

— Je suis parfaitement ca…

— À d'autres ! Je suis sûr qu'à l'intérieur, votre petit cœur cause un raffut de tous les diables.

Amanda n'approuva pas, mais ne démentit pas non plus. Juste, elle continua d'examiner James qui rangeait ses allumettes. Au bout du compte, cette demoiselle ne passait guère pour une déséquilibrée, pas plus que lui ou que quiconque sur ce caillou écossais. La peur arborait bien des visages, voilà tout.

Malgré les mauvaises dispositions de James, Amanda revint à la charge à propos de ce qu'ils avaient vu.

— Nous n'avons *rien* vu, miss Holton. Il fait nuit avec un temps de chien et un brouillard à couper au couteau. C'était d'ailleurs de la folie de s'aventurer ici, alors qu'un grain approche.

La jeune femme resta bouche bée, sans doute d'entendre James s'exprimer autant.

— Personne n'aurait dû mettre le nez dehors, acheva-t-il en renfonçant la tête dans les épaules pour se protéger de la pluie.

Il obtint la paix au moins jusqu'à ce qu'ils rejoignissent les autres. Une modeste assemblée attendait les deux jeunes gens. La lueur de leurs lampes creusait leurs joues, leurs orbites et leur donnait un teint de cire. Des poupées humaines, voilà l'idée qui se dégageait de leur posture immobile et silencieuse. Debout, en cercle, les villageois finirent par s'interroger mutuellement du regard. Les prunelles étincelaient, mais gardaient un éclat terne, sauf celui d'Abigail quand elle leva les yeux vers James. Les siennes brillaient de larmes.

— Sally ? questionna-t-elle au terme d'un long silence.

Elle pencha la tête pour tenter de distinguer quelque chose derrière James. Il se décala d'un pas sur le côté : il n'y avait que la nuit. Noire. Pleine.

— Sally ? répéta Abigail avec une assurance moindre.

Elle ne trompait personne derrière son masque. Elle avait déjà les traits tirés, les gestes mous, les épaules affaissées. Sa voix acheva de trahir son anxiété. Le photographe hocha la tête par la négative.

Il y eut un flottement. James pressentit l'orage une demi-seconde, avant que le premier reproche tombât comme une évidence. Il n'en identifia pas l'auteur ni ne comprit vraiment de quoi on l'incrimina. Il réalisa la peine d'Abigail, lui, coupé de ses semblables depuis la fin de la guerre, lui qui désirait éviter ces confrontations malheureuses, raison pour laquelle il ne se mêlait pas au genre humain ou détaillait le monde à travers un objectif.

Son estomac se noua. Sa gorge se serra.

— James ? s'enquit Amanda.

Timbre doux. Mielleux. Le photographe ne voulait pas de sa pitié. Il la repoussa d'un mouvement sec du bras. Les réprimandes, autour d'eux, redoublèrent d'intensité, lui lardant la conscience. Ils se pâmaient presque d'un bonheur éphémère et malsain, les bougres ! Ils blâmèrent James pour sa conduite, pour avoir donné à Abigail un espoir trompeur. Il était revenu, là, parmi eux, avec sa cigarette pincée entre les lèvres, les yeux presque rieurs. On critiqua sa facilité à sombrer dans l'alcool. Il ignorait que boire permettait d'anesthésier les souffrances ; on le lui apprit, tandis qu'il arpentait le chemin qui menait chez lui.

Au mieux, la boisson dessinait l'illusion d'un esprit sain, le temps d'une cuite, mais l'atterrissage équivalait immanquablement à recevoir un obus sur le crâne.

9.

Debout derrière sa fenêtre, Léonie guettait le ballet incessant des lumières dans la nuit. Elles tournoyaient depuis près d'une heure autour de son domicile et il lui tardait qu'elles fichassent le camp. Il y eut aussi des cris. Non, plutôt des interpellations. La quadragénaire soupçonna une battue. Encore une. Bien avant que la plupart des jeunes peuplant l'île ne vinssent au monde, elle participa à l'une d'elles. Singulière, elle promettait presque que l'on finirait par retrouver son mari, mais ce foutu salopard avait juste pris la poudre d'escampette.

Parfois, Léonie en venait à espérer qu'il fût mort au cours de sa traversée, cette nuit-là. Au moins, il existerait la preuve d'une justice. Elle l'avait activement cherché, une vingtaine d'années auparavant. Nora Eloy aussi. Elle l'avait soutenue pendant un temps, puis s'en était retournée à ses voix. Léonie n'avait jamais avoué que son époux avait fui le domicile conjugal après la naissance de leur premier enfant. Fui ses responsabilités. Il avait pris peur, ses yeux alors écarquillés en apprenant la grossesse de Léonie. Elle était jeune et désirable, soignait sa toilette et se plaisait à imaginer une vie ô combien meilleure pour elle et son grand garçon.

Un coup de poing dans la porte de l'unique chambre la fit sursauter. Elle abandonna son poste d'observation de fortune pour traverser la pièce à vivre. Là, elle posa l'oreille contre le battant nu et coupa sa respiration tremblante.

— Tu ne peux pas sortir, chuchota-t-elle.

Son souffle chaud caressa la main qu'elle plaquait près du visage.

— C'est pour ton bien, mon chéri. Il y a des… des choses, dehors. Tu ne comprendrais pas, mais moi, je sais et ton père aussi savait.

Au fond, elle soupçonnait son mari d'avoir voulu tirer un trait sur les phénomènes qui se déroulaient sur l'île. Les cris dans la nuit, les disparitions, les plumes éparpillées dans le potager, chaque matin sans exception… Elles dégageaient une puanteur insoutenable !

Dans un souci de sécurité – son fils pouvait l'attaquer s'il parvenait à s'échapper –, Léonie vérifia le cadenas qui bouclait la porte, puis retourna à sa place, sa tasse de tisane refroidie à la main.

10.

Matthew et Edward se séparèrent pour couvrir plus de terrain, alors qu'un grand rire au loin venait de déchirer le silence entre eux. Ils avaient échangé un regard, plus las pour Ed, puis Matthew partit devant. Très vite, il creusa la distance avec l'instituteur. Edward se débrouillerait. Impossible de se perdre avec tous ceux qui participaient à la battue. Matthew ne les jugeait pas capables d'agir dans un hypothétique intérêt général en aidant Edward à s'égarer près de l'isthme. Naïveté ? Bien sûr que non ! Il ne croyait pas l'être humain bon par nature, alors non. De là à précipiter la fin d'un nouvel arrivant, car il avait reçu un oiseau crevé en cadeau ou parce qu'eux le considéraient, soi-disant, comme un coupable idéal… il fallait développer une psychose résistante.

Matthew n'émettait aucune réserve quant à la santé mentale d'Edward. Il soulevait des théories logiques par rapport à sa position de citadin fraîchement débarqué. Légitimes, même, car les habitants ne l'avaient pas accueilli. Pire, ils le dévisageaient parfois et l'hôtelier admettait qu'il était peu aisé de deviner le fond de leur pensée. Cependant, ils n'étaient pas mauvais. Matthew en connaissait la plupart depuis toujours et ils ne feraient pas de mal à une mouche. Ils ne l'avaient jamais malmené ni moqué. Ni lui ni personne, d'ailleurs, alors il les voyait mal lui infliger mille et un tourments.

Matthew évoluait dans la brume depuis une petite éternité. Les muscles de ses jambes, de ses bras et de son dos tiraient. Il étouffa un bâillement, avant de tomber nez à nez avec Nora. Visage baissé, elle entretenait une conversation plate avec ses voix et tentait de démontrer que celles-ci avaient tort. Il ne fallait pas, disait-elle. Mieux valait se montrer prudents, trop de gens, partout.

Elle ne remarqua pas la présence de Matthew, qui l'observa longuement. Pour la première fois, il la découvrait en pleine discussion et si investie qu'elle en oubliait ce qu'il se passait autour. La fatigue marquait ses injonctions au silence. Matthew la soupçonnait d'être consciente de l'existence de ses voix, de ne pas le nier et d'en avoir assez d'elles.

Elle continua de parler, de se fâcher en murmurant. Ses épaules voûtées renforçaient l'effet d'accablement qui la caractérisait. En l'espace de deux minutes, elle avait vieilli de dix ans. Debout au milieu de presque nulle part, elle tripotait une plume longue, multicolore et fournie. Ses doigts fins bougeaient avec lenteur et faiblesse. Enfin, Matthew éprouva de la gêne à la regarder ainsi. Elle faisait peine à voir avec ses dialogues à sens unique. Son corps ratatiné sous la force du vent aussi. Elle ne devait pas peser bien lourd dans ses souliers et ses bas ne pas beaucoup tenir chaud à ses maigres mollets.

Malgré l'attitude de Nora, le trouble qu'elle affichait à tous et la totale absorption dont elle faisait montre, Matthew la détesta d'un coup, car cette plume ressemblait à celles qui jonchaient le sol de sa chambre quand il était enfant. Foule de souvenirs crevèrent la surface de son esprit fatigué. Il cligna plusieurs fois des yeux, vérifia encore, puis encore. Non, la plume ne différait en rien de celles qui couvraient la moquette, autour de son lit, d'un tapis duveteux et puant. Quand cela se produisait, en effet, une affreuse odeur piquante envahissait la pièce. Pire, il fallait changer les draps, car les relents les imprégnaient. Il arrivait occasionnellement que la fenêtre dût rester ouverte jour et nuit afin de les chasser. Plus rarement, une semaine n'y suffisait pas.

À ce moment précis, un parfum rance identique empuantissait l'air. Matthew plissa les narines. Une envie de vomir le surprit. Une main sur la bouche, il recula jusqu'à ne plus voir Nora, qui, dorénavant, lui inspirait un mélange de dégoût et de mépris. Il rejoignit Edward et le supplia presque de rentrer sur le champ. Bien que l'instituteur n'eût pas besoin qu'on l'en priât, il prit le temps d'analyser la situation, notant que Matthew était blanc comme un linge.

— Edward, fichons le camp, s'il vous plaît. Nous en discuterons à l'hôtel si vous le souhaitez toujours.

Matthew s'exprimait à une vitesse déconcertante et s'agitait de manière incompréhensible, mais au diable la battue ! Il ne rêvait que de se réfugier dans un lieu connu, chaud et accueillant.

— Je serais plutôt d'avis à vous conseiller du repos, abdiqua Edward en lui emboîtant le pas.

Le réveil se révéla des plus désagréables. Le corps de Matthew n'était que douleurs et fatigue. Il avait les bras lourds, la gorge enrouée. Il se débarrassa des draps, passa les jambes dans le vide et enfila ses pantoufles. Une fois étiré, il tangua vers la porte de sa chambre, puis descendit à la cuisine. Une odeur de café chaud l'enchanta, tandis qu'il découvrait Edward s'affairant autour de la table.

— J'espère que vous l'aimez corsé, lança son hôte avec un enthousiasme sincère.

— Hein ? Que… ah, oui, le café.

Matthew essaya de lui prendre une tasse vide des mains, mais ne récolta qu'un reproche aimable.

— Vous ne vous leviez pas, se justifia Edward en disposant tasse, sucre et lait devant Matthew.

— Quelle heure se fait-il ? demanda ce dernier plus pour lui-même.

Un coup d'œil à la petite horloge suspendue près de la fenêtre lui indiqua huit heures.

— Misère, soupira-t-il.

— Vous avez une tête à…

Edward s'interrompit. Son regard accrocha celui de Matthew, qui se savait d'une humeur massacrante.

— À faire peur, j'imagine. Écoutez, commença le propriétaire des lieux en se grattant l'arrière du crâne. On va s'arrêter là, d'accord ? J'ai mal dormi et comme tout le monde, je suis inquiet pour Sally. Merci pour le café, en tout cas.

Il y eut un silence. Gêné, tendu ou inconfortable, il n'aurait su le qualifier avec exactitude et cela l'indifférait. Il aspirait au calme, à la cessation de tout bruit. L'ampoule de la cuisine grésillait, une mouche voletait près de la fenêtre, derrière laquelle chantaient de rares oiseaux. L'automne prenait des marques de plus en plus significatives, déchargeant des rafales violentes et des pluies glacées sur l'île. Outre une agréable teinte rousse, Matthew notait surtout la désolation progressive du paysage. Quand les arbres seraient à nu, il apercevrait, de cette même fenêtre, la cabane de Léonie et la perspective de cette vue le poussa à fermer le battant, puis à tirer les doubles rideaux.

11.

La veille, Amanda n'avait pas attendu pour s'éclipser. Elle notait un malin plaisir chez les villageois lorsqu'ils accablaient James de reproches. Elle apprit ainsi que son penchant pour l'alcool le rongeait plus qu'elle le croyait. Les traits durcis de James, sa manie de toujours se cacher derrière son appareil révélaient autant de masques qu'il était possible de s'en inventer. Devenu maître dans cet art, James Nesbitt passait pour un autre homme auprès des gens qui le côtoyaient plus ou moins depuis peu. La liste se résumait à Amanda et à cet instituteur arrivé deux jours auparavant. Les autres savaient ce que le photographe valait.

Lui s'apparentait essentiellement à une coquille vide. Il ne se mêlait pas aux habitants, sachant lui aussi ce qu'eux valaient, sans doute.

Tout finissait par s'apprendre dans un endroit tel que Taily Fair. Oh, la jeune femme ne doutait pas que certains gardassent leurs secrets, parfois inavouables. Elle la première. Les motifs de son installation ici la couvriraient de honte jusqu'à son dernier souffle. Pour cause, on en avait marqué sa peau. Pâle et délicate, elle présentait des boursouflures lourdes à porter, à l'intérieur des cuisses. Brûlures de cigarettes. Souvenir d'un amant violent.

Près de l'isthme, le comportement de James avait convaincu Amanda d'une mauvaise foi qui crevait les yeux. Pour elle, il cherchait à l'attirer dans un coin reculé pour abuser d'elle, pour l'agresser, lui faire du mal. James n'avait rien de l'homme fiable. Il buvait comme un trou, ne quittait son domicile que pour se rendre au café et entretenait une phobie de l'isthme qui se voyait comme le nez au milieu de la figure. Il rejetait ses inquiétudes, fondées ou non, sur autrui ; un seul regard dans sa direction et une tension se nichait au creux de votre estomac. Cet individu portait les stigmates de la peur, incrustés dans le pli soucieux qui barrait son front, dans le creux de ses joues et les rides à la commissure de ses lèvres. Chaque pore transpirait le trouble. Chaque geste n'était que l'ombre de lui-même.

Le portrait qu'Amanda dressait de James depuis cinq minutes n'épargnait pas le photographe. Elle avait appris à ne plus se laisser impressionner par les sourires enjôleurs. James ne souriait pour ainsi dire jamais. Dans ses yeux, la mélancolie. Dans sa dégaine, la mélancolie. Partout, sur lui et elle déteignait sur Johanna.

Cette dernière possédait un charme indocile. Avec sa bouche plissée et son menton relevé, elle avait tout de la mi-enfant déjà trop grande. Amanda ne doutait pas que la guerre l'eût éprouvée, de même que l'attitude désinvolte de son aîné. Elle appréhendait l'avenir avec fermeté. Quand Amanda l'observait – pour aller en classe, par exemple –, elle lui enviait son pas décidé, sa posture droite et son regard levé. Elle marchait à grandes enjambées, sans balancer les bras. Eux tombaient le long du corps. Elle parlait peu, jamais pour ne rien dire, et partageait avec James la volonté de rester seule, mais d'une manière différente. Dans un coin, sur une falaise, au pied d'un arbre ou au détour d'une rue, elle fixait les passants sans leur porter préjudice. Elle respectait leur vie privée et se contentait de les scruter. Pas un mot, pas une remarque ni une once de dédain. Elle n'inspirait ni la foi, ni la suspicion, ni l'empathie. Amanda supposait que Johanna avait développé une technique afin de déchiffrer les rouages des drames traversés.

La jeune femme la considéra pourtant moins indifférente au moment de lui adresser la parole. Elle se tenait sur le seuil de l'entrée et venait de frapper trois coups avec le heurtoir. Aucun bruit dans la maison. Les fenêtres étaient fermées et les rideaux tirés. Personne pour guetter derrière, mal dissimulé par le tissu et la vitre crasseuse.

Amanda patienta, persuadée que James se trouvait là-dedans. Elle s'inquiétait pour lui et n'avait pas été d'un grand secours après l'épisode du tas de plumes. Elle espérait au moins qu'il ne sombrait pas actuellement dans une bouteille de whisky. Embarrassée d'attendre que l'on daignât ouvrir, elle toqua à nouveau en se convainquant de rentrer chez elle si on ne lui répondait pas dans les deux minutes.

— James ne reçoit personne, fichez le camp ! retentit la voix agacée de Johanna.

Amanda ne la soupçonna pas de savoir à qui elle criait ainsi de quitter les lieux et repartit, déçue de n'avoir pu s'excuser auprès de James pour son manque de soutien.

Elle longea la rue principale, dont les herbes hautes lui chatouillaient les mollets sous sa vieille paire de bas. Impossible d'en obtenir au cours des rationnements. Ils manquaient de tout : vivres, cigarettes… À l'époque, Amanda louait une minuscule chambre avec les commodités sur le palier, sous des combles. Ça, c'était avant de fréquenter les bordels militaires français, d'y travailler à fournir une distraction légale aux soldats. Du jour au lendemain, on n'avait plus eu besoin de ses services. Les maisons closes parisiennes disparaissaient les unes après les autres ; il n'y avait plus rien à tirer de ce corps, marqué par les amants, broyé par de trop nombreux clients et plus assez frais pour plaire.

Pourquoi l'Écosse ? Pourquoi Taily Fair ? Elle bénéficiait d'un isolement opportun. Amanda désirait disparaître, devenir insignifiante et n'attirer aucune attention. Elle ne voulait pas qu'on la reconnût. Elle n'avait rien à perdre à quitter Paris. La Seine nourrissait ses envies de suicide et Amanda distinguait en chaque homme assez jeune un militaire côtoyé de trop près. Elle disposait de maigres économies, suffisantes pour louer une minuscule bicoque sur l'île pour trois fois rien à cause de sa réputation. Normalement, une autre femme occupait la maison avec elle, sauf qu'on n'en entendait plus parler depuis deux bons mois. Une barque échouée sur le rivage, un matin, avait suffi à la laisser pour morte dans les esprits.

Les écueils disséminés autour de Taily Fair formaient des pièges à demi dissimulés par les vagues. Un coup de vent sur une frêle embarcation et celle-ci ballottait de l'un à l'autre récif sans possibilité d'en sortir. Idem pour ses occupants. Généralement, les corps finissaient au fond de l'eau, ou au mieux, désarticulés sur la berge.

Plutôt morne en cette froide matinée d'automne, Amanda se dirigea vers le café, dont on apercevait l'enseigne noire et griffée depuis chez elle. Le seul commerce de l'île ouvrait ses portes à l'aube, le plus souvent pour James, et fermait à pas d'heure. Les villageois s'y rendaient pour briser la morosité ambiante. À l'approche de l'hiver, il n'y avait rien à faire sur Taily Fair et on ne crachait ni sur un café ni sur un verre.

Amanda ignorait le nom du propriétaire, gaillard bâti comme une armoire à glace. Il affichait toujours un sourire agréable. Son établissement n'était pas d'une propreté à toute épreuve, la clientèle ne se mirait pas sur le comptoir ou sur le sol, mais Amanda n'y avait jamais croisé aucun rat. Elle commanda un café serré, contourna un trio de vieux loups de mer qui jouait aux cartes, puis s'installa à sa table habituelle : côté dunes parce qu'en face, on remarquait le toit de la baraque de Léonie. Amanda ne la connaissait ni d'Ève ni d'Adam, mais en entendait assez sur son compte depuis qu'elle avait posé le pied sur Taily Fair pour se forger sa propre opinion.

La table jouxtait le mur du fond et au-dessus de sa tête trônait une ravissante photographie prise du haut des falaises. La jeune femme devinait du pourpre ou du violacé dans les épaisses traînées sombres, de l'ocre dans les effiloches cotonneuses ni foncées ni claires et enfin, le jour qui pointait timidement dans les touches éclatantes, plus rares. James ne manquait pas de talent, juste de confiance en lui. Amanda comprenait et acceptait son besoin de solitude, ainsi que son absence de foi envers le genre humain. Dernièrement, l'être humain avait démontré être capable du pire, actions peu engageantes pour redorer son blason. Elle compatissait même, aussi aurait-elle apprécié s'entretenir avec lui à propos de l'incident de la veille.

Elle n'eut que peu le temps d'admirer la vue, faite d'arbres dégarnis et de sentiers perdus au milieu des fougères. Une main inhabituelle, peu marquée par le travail manuel, lui apporta une tasse disposée dans une soucoupe ébréchée. James s'assit aussitôt de l'autre côté de la table, dos à la fenêtre, et salua la jeune femme, avant de goûter son propre café. Il tira une flasque de sa poche intérieure de manteau et versa un peu d'alcool dans sa boisson en adressant à Amanda un clin d'œil complice.

— Ne le dites pas à Johanna, glissa James en rangeant le whisky.

Peu disposée à le contrarier, elle lui tendit sa propre tasse.

— Ne le dites pas aux autres, lui retourna-t-elle avec malice.

Elle but une première gorgée avec réserve et se surprit à aimer le goût sec derrière celui, sucré, de son café. Les suivantes furent plus franches et bientôt, une cigarette à la main, elle en réclama un autre.

12.

Amanda ne tenait pas l'alcool, James le constatait à chacun de ses rires déments et à sa façon de parler. Il la raccompagnerait, le promit au patron de l'établissement, puis se dit qu'au moins, ça lui égayait une journée mal engagée.

Il avait entendu Amanda qui frappait à sa porte et envoyé sa sœur pour la forcer à partir. Posté derrière la fenêtre de sa chambre avec une discrétion développée au fil des ans, il avait hésité à la rappeler. Il ne savait pas quoi lui raconter. Les évènements de la veille l'atteignaient plus qu'il l'admettait. D'un autre côté, seuls des sans cœur n'éprouveraient aucune peine pour Abigail. Elle n'était pas une sainte, mais personne ne méritait de perdre époux et fille unique à si peu d'intervalle. Même saoul, James ne le souhaiterait pas à son pire ennemi, s'il en avait un.

Bien sûr, quelques-uns prieraient nuit et jour pour la petite Sally Barton. Une poignée. Ils entretiendraient un espoir stérile, car chacun se doutait qu'on ne la reverrait pas. Au mieux, les flots l'avaient emportée. Au pire, ils l'avaient brisée en deux. Peut-être que la mer finirait par rendre le corps et qu'un matin, lors de repérages, James remarquerait une silhouette échouée et disloquée. Cette hypothèse le terrifiait ; pour cette raison, il n'osa plus sortir, avant la visite d'Amanda. Il resta sur son lit, assis en tailleur, le regard vide.

— Vous êtes un…

Il retint un hoquet.

— Un phare dans la nuit, Amanda ! s'exclama-t-il, l'index levé pour appuyer son propos. Non. En pleine tempête. Ça tombe bien, c'est de saison.

Ivre, lui aussi, il fixa sa partenaire de beuverie. Elle ne réagit pas. Il se faisait sans doute temps de la ramener. Il tâcha en tout cas de s'en convaincre, car il aurait bien avalé un autre café. À combien en était-il, déjà ? Et combien d'argent cela lui coûterait-il ? Mieux valait arrêter, en effet. Quoique, pour l'addition, pas de problème, il ne s'envolerait pas et on lui remettrait toujours la main dessus dans un bled pareil.

Il se leva en traînant les pieds de sa chaise, s'excusa peu distinctement, puis tendit la main à Amanda pour l'inviter à le suivre.

— Miss…, ajouta-t-il.

Elle accepta en souriant. Bras dessus, bras dessous, ils réglaient la note quand James bouscula quelqu'un par inadvertance.

— J'ai l'impression de ne faire que m'excuser, aujourd'hui, laissa-t-il échapper en se tournant. Oh, Matthew. Bonjour. Du nouveau avec votre petit protégé ? Il a avoué ?

— Mon…

L'hôtelier soupira bruyamment et ignora James avec un flegme qui n'appartenait qu'à lui. James lui donna une accolade avec le coude comme s'il s'agissait de vieux complices.

— Allez, quoi… Vous ne me ferez pas croire que vous l'hébergez en tout bien tout honneur. Tout le monde, ici, sait que…

— Rentrons, James, le pressa Amanda.

Elle prêta une attention confuse à l'hôtelier.

— D'accord, fit le photographe sans pour autant bouger. Dites quand même à votre copain qu'on ne veut pas de lui sur cette île. Personne n'a rien contre vous, Matthew, mais lui, il est louche. Je l'ai dit sitôt que je l'ai rencontré.

— S'il vous plaît, gémit Amanda en tirant sur le bras de James.

— Une seconde. Je termine.

Il sonda Matthew, qui ne sourcilla pas. Bougre d'homme !

— Avouez qu'il y a une coïncidence troublante avec l'arrivée d'Edward Borrow. Il débarque et une gosse disparaît. Une de ses élèves. Vous commencez à comprendre ?

Oh, oui, il commençait à comprendre. James nota à l'expression de son visage, jusqu'alors fermé, qu'il venait de semer le doute dans son esprit.

CHAPITRE III

1.

Matthew surveilla James qui sortait du café avec Amanda. Il se reprocha de ne pas avoir réagi. On pourrait penser à de la faiblesse ou à une forme d'acquiescement. Or, il ne croyait pas en la culpabilité d'Edward. Ce pauvre type souhaitait enseigner et reprendre sa vie en main, pas se faire surveiller partout où il allait et où il n'allait pas. Matthew ne vivait pas sous le même toit qu'un kidnappeur d'enfants. Non ! Enfin, il s'en persuadait.

Les points soulevés par James ne manquaient pas de le tracasser. Matthew concevait mal un hasard. Une tierce personne en avait-elle profité pour commettre son forfait ? Préoccupé, l'hôtelier laissa son café refroidir avant de rentrer. À cette heure, Edward assurait la classe et ainsi, les deux hommes ne se croiseraient pas.

2.

Midi sonnait à l'horloge du séjour et Amanda décuvait tranquillement. Son estomac criait famine, mais l'appétit lui manquait à cause de sa migraine. James s'était montré plaisant après les allusions faites à Matthew. Désagréables au possible, elles avaient interpellé la conscience d'Amanda. Matthew affichait un air perdu, étonné. Lui-même s'interrogeait. Sur qui, sur quoi ? Impossible de le découvrir, mais dans ces circonstances, et surtout dans un si petit village, difficile de ne pas suspecter son voisin, alors un étranger… Amanda se méfiait de tous. Le genre humain n'avait pas un bon fond, bien que nombre d'actes, de dévouements, de sacrifices laissassent depuis toujours planer un doute affreux quant à ses bonnes intentions.

Amanda y songeait sérieusement quand une forme gracile voleta devant sa fenêtre. Le vent de la veille n'était pas encore tout à fait tombé et portait cette chose légère et allongée devant la vitre. Derrière les rideaux blancs, Amanda ne distingua pas de quoi il s'agissait. Une feuille morte ? Rien de particulier, donc, sauf qu'une intense curiosité la poussa à vérifier. Les récents évènements développaient chez elle des soupçons qui lui auraient paru excessifs auparavant.

Elle se précipita à la porte, puis stoppa net, le bras tendu vers la clenche. Indécise, elle laissa ses réflexions vagabonder n'importe comment, sans oublier la lettre du corbeau ; cette personne mal intentionnée cachait peut-être un assassin, un névrosé ou un pervers. Elle chercha dans l'entrée une arme potentielle, puis ouvrit pour en avoir le cœur net. Le battant rebondit contre le mur dans un fracas retentissant, mais Amanda n'y prêta qu'une infime attention. Sur le paillasson de cette maison – la sienne depuis peu – juste à ses pieds, immobile, gisait une plume parfaitement identique à celles dressées en tas près de l'isthme.

Une main sur la bouche pour s'empêcher de crier de surprise, la locataire recula d'un pas et remarqua la présence de Nora Eloy.

Celle-ci l'observait depuis le trottoir. Une petite cour ainsi qu'une barrière fermée la séparaient de la maison, mais Amanda n'aimait pas l'expression de la vieille demoiselle. Son visage arborait une neutralité qui l'aurait laissée indifférente en temps normal, mais il y avait cette plume et Nora, elle, s'attardait devant son domicile. C'était troublant et inhabituel. *Tout* devenait inhabituel sur l'île : James se mettait à parler, Sally Barton disparaissait au lendemain de l'arrivée de son nouvel instituteur… Sans parler de Johanna ; elle affichait une antipathie qu'Amanda prenait jusqu'alors pour une envie de solitude. À son sens, elle ne se mêlait pas aux autres par horreur de leurs agissements potentiels.

— Les voix, lança Nora d'une voix rauque. Est-ce qu'elles vous parlent aussi ?

— Je… Non !

— Bizarre, vous devriez.

Elle s'autorisa une moue entendue. Amanda la fixa, puis claqua la porte.

— Allez au diable, cracha-t-elle entre ses dents.

3.

Edward ne se sentait pas en sécurité. Il avait perçu les regards à la fin de la classe. Les élèves commençaient à le dévisager et à raconter des histoires dans son dos, mais il pensait surtout à leurs parents, en train de guetter autour de l'établissement. Ed avait remarqué des silhouettes massées vers les arbres qui bordaient la route vers l'hôtel, alors il n'était pas sorti. Il avait tourné la clef dans la serrure, avant de la glisser dans sa poche, puis de se terrer sous le bureau. Sauf qu'il y avait cette fenêtre un peu cassée et toujours pas réparée…

Les genoux ramenés sous le menton, le corps très à l'étroit et la mâchoire crispée, il attendit les premiers coups rebondissant sur le battant, s'interrompant et enfin, reprenant de plus belle. On s'impatientait, là, dehors. Entre l'école et l'hôtel. L'instituteur pensa à l'unique endroit qui constituait un abri sur Taily Fair : sa chambre. Dans sa tête, il énuméra les pièces du mobilier en songeant à chaque détail. En ceci, il trouva un peu de réconfort puisqu'il ne réfléchissait pas à la manière dont une poignée de villageois le tireraient sûrement de sa cachette de fortune.

Il ferma les yeux pour visualiser le lit et sentir l'odeur de propre que dégageaient les draps. La fenêtre ouverte donnait sur quantité de pins, loin derrière d'autres arbres, ceux qui ne tarderaient pas à se séparer de leur feuillage pour l'hiver.

Un bruit très proche tira Edward de ses rêveries nécessaires, celui d'une chaussure qui écrasait des feuilles mortes. Il y avait une personne plus près par rapport aux autres, à moins que tous se rassemblassent en cet instant autour du bâtiment. Peut-être les gens se séparaient-ils en petits groupes pour s'assurer de surprendre Ed s'il tentait une sortie à l'arrière ? Impossible, pourtant de fuir par là. Le verre brisé aurait tôt fait de rameuter les habitants ; on cueillerait alors Edward comme un fruit mûr à point.

Le verre brisé. Ce son si unique et significatif, similaire à celui qui venait, une fois de plus, d'attirer l'attention du trentenaire. Son cœur s'emballa. Ses mains étaient moites et un frisson glacé coula entre ses omoplates.

Quelqu'un entrait dans le bâtiment par la fenêtre cassée.

S'il s'en sortait en un seul morceau, il se jurait de ne plus jamais, jamais assurer de cours sur cette île de fous. De ne plus jamais, jamais quitter l'hôtel, voire de regagner Londres plus tôt que prévu, malgré la torture que cette éventualité lui infligeait.

— Monsieur ? Qu'est-ce que vous fabriquez là-dessous ?

Une élève. Edward reconnut les souliers vernis d'Emily Letterford, ainsi que le bas de sa jupe plissée, et sortit la tête de son repaire.

— Ne m'approche pas, l'enjoignit-il dans un souffle. Va-t'en, vite !

La jeune fille recula d'un pas. Ses yeux étroits interrogèrent Ed, soupçonneux.

— Va-t'en ! cria Edward, plus fort.

Emily s'exécuta sans demander son reste. L'instituteur ignorait s'il l'avait effrayée ou s'il passait juste pour un dément, mais il était à présent sûr d'un fait : les coups répétés à la porte et la vitre en morceaux, ça venait d'elle et uniquement d'elle. Personne ne le guettait dehors pour le pendre à la lueur des flammes endiablées des torches, sur la plage, ou pour le jeter depuis une falaise sur les récifs.

Personne.

Pas encore.

4.

James poursuivit ses repérages en évitant soigneusement l'ancien village. Les arbres à demi nus, les traînées nuageuses, virant du gris orage au blanc cassé, les feuilles orangées étaient autant de raisons de paresser un peu sur les falaises. Elles offraient une vue imprenable, un panorama de roux, de rouge, de brun, surplombé du ciel indécis. Indécis comme le photographe qui, son matériel sous le bras, stoppait régulièrement devant le domicile d'Amanda. Il lui arrivait parfois de s'arrêter au bout de la rue, là où elle ne pouvait pas le remarquer, mais elle ne quittait pas la demeure. Ce à quoi ils avaient assisté le soir de la battue les avait tous deux éprouvés, aussi comprenait-il sa réaction.

Il avait passé un temps fou à se convaincre de sortir, avant de rejoindre Amanda au café. Johanna ne le retenait pas dans la demeure familiale, mais ne le poussait pas beaucoup non plus. Elle partait tôt et rentrait tard, quelquefois ne mangeait qu'une pomme et un morceau de pain emportés le matin. Elle ne suivait plus la classe depuis la veille. Depuis que des doutes planaient sur Edward Borrow ; James ne pouvait l'en blâmer, mais ceci ne l'empêchait pas de vagabonder n'importe où sans qu'il sût à quel endroit exactement et ceci l'inquiétait, surtout depuis la disparition de Sally. Ils ne se parlaient presque pas, ou au mieux, se disputaient sur la manière de se comporter l'un avec l'autre. Ils s'y prenaient mal, chacun de son côté et sans pour autant envisager une conversation posée à ce sujet.

James puisa un peu de courage, remonta la rue, se planta devant la porte d'Amanda et frappa. Que dirait-il ? Comment éviterait-il d'aborder leur peur bleue au cours de la battue ? Fallait-il en discuter ? Avec l'alcool, ces sujets lui faisaient moins peur. Il n'eut guère l'occasion de se pencher sur ces questions, car on lui ouvrit très vite. Le battant pivota sur une Amanda fatiguée et tassée sur elle-même. James ne se laissa pas démonter par cette vue à laquelle il ne s'attendait pas. Sa nouvelle amie se montrait rarement en public, mais toujours bien vêtue, élégamment coiffée et maquillée. Ici, de profonds cernes soulignaient ses yeux éteints, une mèche rebelle barrait son front et un élastique retenait le reste de ses cheveux en un chignon mal fait.

— Une promenade ? lui proposa James en feignant de tendre un bras.

Elle le considéra un instant.

— Désolé pour tout ce barda, il faudra vous contenter de marcher à mes côtés, mais je vous ferai la conversation.

Il tenta un maigre sourire qui raviva les traits d'Amanda.

— Oh, pourquoi pas ?

Flâner au bord de la mer avait cet avantage qu'il en devenait inutile de bavarder. Le bruit des flots couvrait tout. James avait déposé son matériel chez lui, avant de prendre la direction opposée à l'ancien village, bras dessus, bras dessous avec Amanda. Il n'avait pas ouvert la bouche à une seule reprise, mais la crainte de dire une bêtise ne l'empêchait pas de s'exprimer. En effet, son accompagnatrice ne souhaitait pas briser le silence qui régnait entre eux. James n'en demandait pas plus. Il se sentait comme à des miles et des miles de Taily Fair, de son atmosphère oppressante, de ses villageois aux reproches faciles, dont il faisait pourtant partie.

Un coup dans le bas du dos le ramena bien vite sur l'île, sur la plage, et surtout face à Nora qui venait de le bousculer.

— Vous devriez vous promener dans l'ancien village, mon garçon. Les voix aimeraient mieux apparaître sur vos photographies. C'est dommage de refuser ainsi. Vous vous obstinez.

Elle leva le visage autant qu'elle le pût et fixa James en pinçant les lèvres. La peau autour creusa des sillons et son expression tout entière vira au menaçant. Le photographe se raisonna. Que tenterait une vieille dame contre lui, un homme certes plus dans la fleur de l'âge, mais robuste ?

— Les voix n'aiment pas ceux qui s'acharnent, ajouta-t-elle, plus pour elle-même.

Elle marmonna quelques mots, avant de reprendre son chemin en dodelinant de la tête d'un air dépité. James la vit qui se dirigeait vers ses chères falaises, comme elle les nommait occasionnellement. L'étreinte d'Amanda autour de son bras se raffermit. D'un mouvement de côté, elle le pressa de faire demi-tour. Il accepta contre son gré. Il lui aurait plu de se perdre un peu dans le ballet des vagues, sous le cri des mouettes.

Il refoulait des envies de large depuis longtemps. Des années entières. Il finissait toujours par se rendre à l'évidence : malgré les histoires qui circulaient sur son compte, et bien qu'elle lui ait pris ses parents, Taily Fair demeurait son unique maison, un endroit connu, et quelque part, rassurant. Il avait assez couru le monde pour ne pas désirer s'installer ailleurs. Chez les autres, ça empestait la misère, les ruines dégageaient de la poussière et refoulaient quelquefois des cadavres.

Il ne quitterait l'île que mort.

Et encore...

5.

Le rideau pincé entre l'index et le majeur, Edward observait dehors par la fenêtre sale. Il faisait un temps de chien. Le ciel s'était obscurci à une vitesse incroyable à la sortie de la classe et Ed avait dû essuyer des regards plus gris que la pluie. Il venait de rentrer, trempé jusqu'aux os, transi de froid et de peur, car il croyait sincèrement que l'un des parents, l'un de ceux aux yeux inquisiteurs, lui tomberait dessus avant que ça finît mal. Ça finirait mal, de toute manière. Beaucoup le jugeaient responsable de la disparition de Sally.

La fillette s'était volatilisée en pleine nuit depuis quarante-huit heures. Ed tâchait de rester discret, de ne pas se montrer, mais il ne vivrait pas indéfiniment à demi cloîtré dans cet hôtel. Il avait rejoint Taily Fair pour s'y ressourcer, pour reprendre un semblant de vie normale. Pas pour affronter un fait divers, une folle furieuse et un photographe au bout du rouleau !

La main que posa Matthew sur son épaule le fit sursauter.

— Ne vous inquiétez pas pour les habitants, dit-il d'un ton rassurant. Ils finiront par comprendre.

— Ou ils organiseront une battue pour me retrouver, moi, et me pendre par les pieds, ironisa Edward en reportant son attention au-delà de la vitre.

— Par le cou, ce serait nettement plus efficace.

Matthew le suivait sur la pente savonneuse de l'humour facile, mais l'instituteur n'avait pas le moral à en rire. En d'autres circonstances, sans doute... Il ne reprochait pas l'attitude des gens. À leur place, il agirait peut-être de la même manière. C'était humain. Juste humain. L'appréhension qui le guettait à la perspective de mettre seul le nez dehors, de se rendre chaque matin à l'école sans qu'on l'y accompagnât, elle, devenait invivable. Les autres, il s'habituait. Qu'on le méprisât, le montrât du doigt aussi. Il ne redoutait pas ces réactions somme toute logiques, mais qui pouvait deviner ce qui se préparait dans certains esprits aux idées bien arrêtées ? Qu'est-ce qui lui garantissait qu'un soir, deux bonshommes bâtis comme des armoires à glace ne le traîneraient pas dans un coin pour lui faire regretter encore plus sa naissance ?

— Ça devient compliqué, admit-il tandis que Matthew passait de l'autre côté du comptoir de l'accueil.

Il se tourna vers lui et nota qu'il se servait un verre de scotch.

— Je ne vous en propose pas, s'excusa presque l'hôtelier.

Le liquide balança dans la bouteille, entre ses mains hésitantes. Il s'empressa de la reboucher et de la cacher sous le comptoir.

— Ça devient compliqué, en effet, approuva-t-il avant d'avaler une gorgée. On commence à parler. Miss Eloy répand la rumeur, fidèle à elle-même.

Il posa son verre et détailla Edward.

— Je ne vous cache pas que les prochains jours seront tendus. Je vois que l'on vous observe et on cause pas mal au café. Ils se lasseront.

— Et en attendant ?

— Vous encaissez, et surtout vous ne répliquez pas. Inutile d'envenimer la situation.

Edward retint un ricanement. Plus facile à dire qu'à faire ! Encaisser, et comment ? Avec quels atouts ? La guerre l'avait presque réduit en miettes, poussé à des idées qui ne lui auraient jamais effleuré l'esprit précédemment. Il avait broyé du noir, cherchant la réponse dans une bouteille, puis dans une autre. Il avait touché le fond, puis rebondi... pour en arriver là. Pour être le centre de ragots.

Sa gorge se serra. Tant d'efforts pour ça !

— Tout va bien se passer, Edward.

— Vous sortez cette phrase toute faite de votre chapeau ?

Ed venait de hausser le ton. Que l'on tentât de le rassurer, d'accord, mais inutile de lui mentir ou de se voiler la face. Les gens s'avéraient imprévisibles, surtout quand une bête noire, un coupable tout trouvé se dessinait au grand jour.

— Pas la peine d'être infect ! s'exclama Matthew en abattant le poing.

Le verra vibra sous le choc.

— Excusez-moi, mais vous avez besoin que quelqu'un vous recadre.

— Je ne crois pas, non.

L'hôtelier contourna le comptoir pour se dresser devant Edward, un peu furieux, puis désolé. Au creux de sa main, il accueillit le poing crispé de son hôte. Ed se dégagea d'un geste brusque.

— Vous ne voulez pas que je vous aide à vous calmer ? questionna Matthew avec une évidence qui crevait les yeux.

— Je refuse que l'on me touche, nuance !

À présent, Edward devenait blessant et faisait montre d'une aigreur qui ne lui ressemblait guère.

— Essayez de vous reposer un peu, déclara-t-il. La nuit porte conseil. À demain.

Edward hésita à le retenir. Discuter jusqu'au bout de la nuit, de tout et de rien, lui paraissait une bonne option pour éviter de penser à l'attention glauque dont il faisait l'objet. Il se résigna, jugeant inapproprié d'inciter Matthew, déjà fort troublé, à tenter de noyer le poisson avec lui. Il reprit donc sa place initiale derrière la fenêtre et s'oublia un moment au gré du vent qui sifflait.

6.

Matthew tournait en rond dans son hôtel. Edward ne le quittait plus que pour assurer les cours du matin et rentrait désappointé, la tête basse. Il ne desserrait pas les dents, se faisait couler un café sitôt revenu, puis se réinstallait sur le fauteuil, près de la fenêtre, en lorgnant de temps à autre vers l'accueil. Matthew aurait aimé découvrir ce qu'il se préparait dans la tête d'Edward. À quoi songeait-il toutes ces heures durant, plongé dans un silence mortifère et pénible ? Il pesait peut-être le pour et le contre ou surveillait ses arrières.

Déjà, à son arrivée, il s'apparentait à un homme qui ne se mêlait pas aux autres, qui évitait les contraintes sociales, hormis celles liées à son travail et aux nécessités. Il ne voulait pas de problèmes ni d'interactions. Les deux allaient même plus ou moins de pair pour lui, alors il rasait les murs pour se fondre dans l'anonymat. À Londres, Matthew n'avait pourtant remarqué que lui, effacé, mais d'une présence incroyable.

— Vous partez ? questionna l'instituteur, en ce dimanche matin pluvieux.

— Une affaire à régler, oui.

— Est-ce urgent ?

Matthew fronça les sourcils. La présence d'Edward ne l'ennuyait pas. Elle lui conviendrait même à merveille s'il cessait de se renfrogner dans sa coquille. L'hôtelier ne lui en voulait pas pour ce comportement et supposait qu'Edward ait encaissé bon nombre de coups durs pendant la guerre. Il n'en parlait pas, Matthew non plus ; ils étaient quittes. Edward n'avait donc pas la conversation facile pour des raisons n'appartenant qu'à lui, mais rester prostré sur son siège, à guetter ce qui n'arriverait sans doute jamais, c'était un comportement à la fois insupportable et rageant pour Matthew. Son hôte avait de la ressource. Qu'il s'installât sur Taily Fair démontrait une volonté assez convaincante pour qu'il cédât à la tentation. Avant d'arriver ici, il ne se morfondait pas ni n'affichait une attitude méfiante. Il se trouvait sur l'île depuis moins d'une semaine et tout l'avait déjà changé. Les habitants et leurs abords rudes, les secrets que certains entretenaient, les ragots, simples faits-divers en ville, mais qui prenaient un autre sens dès lors que l'on parlât de lieu isolé.

— Craignez-vous de rester seul ici ?

Edward acquiesça.

— Je ne comprends pas. Quand vous allez enseigner…

— Les gens croient que je ne les vois pas, pendant que je marche, ce qui est le cas, mais je sens leurs regards sur moi, annonça-t-il d'une voix blanche.

Il hésita à poursuivre devant la mine incrédule qu'affichait Matthew.

— Avez-vous déjà éprouvé cette sensation ? Vous a-t-on épié, un jour ou un autre, de telle façon à ce qu'aucun de vos pas, aucun de vos gestes n'échappe à personne ?

Un silence gêné interféra entre les deux hommes. Que Matthew se tût signifiait beaucoup, mais surtout qu'il ignorait comment réagir face à ces confidences.

— Je n'ai pas peur de rester seul ici. J'ai peur tout court. Quand vous sortez la nuit, je me demande si vous finirez par rentrer.

— Je…

Matthew suspendit sa phrase, intrigué.

— Je ne sors pas la nuit.

— Alors, dites-moi que je rêve. Vos bruits de pas me réveillent. Vous marchez, marchez et marchez encore dans votre chambre et enfin, vous sortez. L'escalier n'est pas des plus discrets, vous en conviendrez. Maintenant, soutenez-moi que vous ne quittez pas cet hôtel presque chaque nuit.

À moins d'affirmer qu'Edward perdait la raison, Matthew ne trouva quoi répondre, aussi s'abstint-il d'orienter la discussion de manière à ce qu'elle dégénérât une fois de plus. Il prit congé sans plus de cérémonie, puis quitta l'établissement, fermement décidé à régler l'affaire dont il avait fait part à Edward.

Il passa devant la chapelle gardant l'entrée du village, où le vieux pasteur assurait son habituel sermon hebdomadaire, avant de retourner à sa solitude. Le cas de l'instituteur turlupina Matthew au-delà, jusqu'à ce qu'il atteignît une petite maison isolée. Si Edward ne se reprenait pas, Matthew n'aurait plus le choix que de ne pas le ménager. Lui qui avait perdu ses parents sur cette île, qui avait affronté son déclin, s'était résigné à ne plus accueillir de clients, il ne baissait toujours pas les bras. Ce n'était pas un petit citadin trop peu sûr de lui qui rendrait les armes pour eux deux.

Matthew hésita à s'engager dans l'allée broussailleuse qui menait à l'habitation vétuste, devant lui. Les intempéries commençaient à avoir raison des joints entre les briques blanchies au fil du temps. Les boiseries pourrissaient, les vitres nécessitaient un bon coup de nettoyage et les rideaux autrefois blancs affichaient un gris clair peu attrayant. Des orties résistantes s'entortillaient dans les soupiraux rouillés de la cave et de là émanait une odeur piquante qui prenait presque aux tripes. Si certains curieux s'aventuraient dans les parages, ils certifieraient à coup sûr qu'un cadavre pourrissait là-dedans, mais Nora n'avait rien de méchant. Elle délirait avec ses voix – ou pas, finalement –

et passait le plus clair de ses journées à se promener, si l'on pouvait qualifier ses déambulations comme telles.

Elle se fichait pas mal de ce que pensaient les autres, de ce qu'ils baragouinaient dans son dos et puisque personne ne se risquait jusqu'à son domicile, elle ne fournissait aucun effort de propreté. Aussi loin que remontaient les souvenirs de Matthew à son propos, il l'avait toujours connue sale et souillon, même quand des touristes arpentaient encore l'île et que le commerce de la pêche permettait à presque toute la population insulaire de vivre.

Matthew se décida après de longues minutes et emprunta l'allée de dalles soulevées par les racines d'un pommier improductif depuis des lustres. La sonnette de la porte n'avait jamais fonctionné, alors il utilisa le heurtoir en forme de lion dont la peinture dorée laissait place à un vert noirci, couleur mousse.

Nora ouvrit si vite, comme si elle attendait une visite, que l'hôtelier ne put réprimer une expression de surprise. Le battant bloqua un peu et Matthew aida la vieille demoiselle à le décoincer. Un pourtour de poussière encadrait le paillasson. La faible lumière du dehors déposait des rais de particules brillantes sur le mobilier.

L'entrée donnait sur le séjour, où un buffet surchargé de bibelots trônait contre le mur du fond, encadré d'assiettes de collections accrochées. Une plante dépérissait au milieu de la table de salle à manger, sur un napperon aussi malpropre que les rideaux. Nora en brodait un autre, à en croire le carré de tissu mal plié sur le guéridon et le cercle à broder posé dessus, à côté d'un fauteuil marqué de l'empreinte de son postérieur et celle de son dos. Elle invita Matthew à prendre place sur le second siège, installé de l'autre côté de la table basse. Elle y avait disposé deux tasses de thé fumant accompagnées de cuillères, un sucrier et un pot à lait, ce qui indiqua à Matthew que quelqu'un devait vraiment venir. Le silence qui régnait dans la maison – et qui lui aurait paru agréable ailleurs – lui pesait un peu et il se mit en tête de le briser une bonne fois pour toutes.

— Je ne voudrais pas vous déranger, s'excusa-t-il. Je vois que vous attendiez quelqu'un.

— En effet, confirma-t-elle avec un sourire. Vous.

Elle attira vers elle le plateau avec le service à thé.

— Un nuage de lait ? proposa-t-elle.

Matthew ne répondit pas tout de suite, interloqué par la déclaration de Nora. Certes, elle n'avait jamais eu toute sa tête, mais de là à certifier que… Il ouvrit la bouche pour répondre, mais les mots se perdirent entre le cerveau et la langue. Le thé était chaud, elle n'avait pas pu inventer cette histoire !

— Non, pas de lait. Comment avez-vous su que je passerais ?

— Les voix, mon garçon, expliqua Nora sur le ton de l'évidence. Elles sont partout. Plutôt dans l'ancien village, mais elles flottent où que nous alliions.

Matthew déglutit et s'empara de sa tasse pour faire comme s'il ne réagissait pas à ces propos.

— Beaucoup d'habitants les entendaient, enchaîna Nora. Les fous ! Ils croyaient qu'elles disparaîtraient s'ils déménageaient, alors ils ont construit un autre village plus loin. J'ai grandi dans l'ancien. Avec ces voix. Elles finissent par devenir sécurisantes, quelquefois. Rassurez-vous.

— Je…

— Elles nous envient pour nos corps. Oh, je leur ai expliqué que ce n'est pas beau de vieillir. J'ai mal partout, vous savez. Même remonter la rue est un combat de tous les instants.

— De… de qui parlez-vous, miss Eloy ?

— Des voix, pardi !

Matthew ne savait plus où il en était. Des voix qui enviaient les gens pour leurs corps ? Ça n'avait aucun sens. Encore un délire de vieille folle, il ne voyait pas d'autre explication. Pas logique, en tout cas. Sa curiosité piquée au vif, il l'incita pourtant à poursuivre.

— Vous savez déjà tout ceci, mon garçon.

Nora se pencha vers lui et plissa les yeux pour le sonder.

— Vous vous y refusez, n'est-ce pas ? Vous croyez qu'en les ignorant, les voix s'éteindront.

— Il n'y a pas de voix.

— Il y en a, certifia Nora avec fermeté.

Elle se détendit, puis se cala le dos au fond de son fauteuil, sa tasse à la main.

— Vous leur offrez une enveloppe corporelle et elles vous parlent, comme à moi et à d'autres avant nous. Certains disparaissent. Quelques-uns restent. Les voix nous disent quoi faire. Nous sommes plusieurs à l'intérieur de nos têtes.

De l'index, elle tapota sa tempe pour souligner ses propos.

— Plusieurs. Si nombreux. Toute une population. Et nous cohabitons ainsi depuis la nuit des temps, mais ça aussi, vous en avez conscience.

Elle but une gorgée de thé sans quitter Matthew du regard. Essayait-elle de se convaincre en se comportant comme une personne omnisciente ? Savait-elle où se trouvait Sally ? Qu'est-ce que la fillette avait à voir dans ces divagations, d'abord ?

— Vous arrive-t-il d'entendre le silence, Matthew ? Enfin, si je puis dire.

— Non.

— Ne vous surprend-il jamais ni ne vous a jamais surpris ? Ne vous paraît-il pas, parfois, jaillir de nulle part et engloutir le moindre son autour de vous ?

— Non, soutint l'hôtelier, mais il n'en était plus si sûr.

Il arrivait en effet qu'un silence l'absorbât sans aucune raison, et toujours sans le moindre motif, il l'oppressait. Les bruits que Matthew connaissait par cœur, le cri des mouettes sur la lande, le fracas des vagues en plein tumulte, le sifflement du vent et sa façon de cogner aux portes et aux fenêtres... ils disparaissaient en une fraction de seconde pour reprendre un peu plus tard comme s'ils n'avaient pas cessé.

Matthew demeura assis là et n'eut pas un mouvement, ni de surprise ni d'offuscation. Selon toute probabilité, Nora Eloy perdait la tête, sauf qu'elle disposait d'informations étonnantes. Tout d'abord, la venue de l'hôtelier. Qui la lui aurait annoncée ? Matthew n'avait indiqué à quiconque qu'il comptait se rendre à son domicile, pas même à Edward. Celui-ci passerait son dimanche à guetter sur la route l'apparition d'un villageois qui essaierait de lui faire la peau. Mieux valait ne pas le mêler à ces récits abracadabrants.

Les explications de Nora, à défaut d'éclairer la lanterne de Matthew, le plongeaient en pleines eaux troubles. Un flux de révélations venait de lui tomber dessus, une tempête dans son esprit aux idées si immuables, et il ne savait comment en disposer. La vieille femme ne se contentait pas de raconter des histoires à dormir debout et d'y croire très fort. Si seulement il ne s'agissait que de ça ! Non, Matthew était désormais persuadé qu'elle en savait long sur les phénomènes qui secouaient de temps en temps Taily Fair, sur les disparitions d'enfants, sur les décès, celui de ses parents ou encore ceux de James et Johanna Nesbitt. Quant aux voix, si elles existaient, Matthew ne parviendrait plus à se convaincre que c'était uniquement dans l'esprit dérangé de Nora. Lui qui ignorait jusqu'à la raison de sa venue ici... Se pouvait-il que les voix...

— Le silence, mon garçon. Les voix, *toutes* les voix, les miennes, les vôtres, aspirent les bruits environnants pour s'en nourrir. L'entendez-vous, bon sang ?

— Je ne vois pas de quoi vous...

— Dehors, marmonna Nora en brandissant l'index vers la sortie. Dehors !

Elle lâcha tasse et soucoupe, qui se renversèrent sur le tapis, et se leva avec nervosité. Matthew déguerpit sans demander son reste ou se retourner. Cet endroit avait vraiment tout d'une maison diabolique.

7.

Edward avait la sensation qu'on l'épiait où qu'il allât. Angoissé, il se limitait au trajet hôtel-école et inversement, mais comme il l'avait expliqué à Matthew avant son départ pour il ne savait où, les regards glissaient sur lui. Les habitants surveillaient sans doute l'instant où il avait le dos tourné pour, derrière leur fenêtre et leur rideau semi-opaque, l'observer et vérifier qu'il ne kidnappait pas une autre de ses élèves. Alors, Edward avait décidé qu'il ne sortirait plus. Les enfants s'abstiendraient de son enseignement et les parents pousseraient un soupir de soulagement. Matthew n'approuverait pas, mais qu'importait ? Edward redoutait que l'on attentât à sa vie dans l'indifférence générale. Si certains esprits s'échauffaient – et la tension devenait palpable à la sortie de la classe –, un père furieux ou une mère désespérée pouvait essayer de l'éliminer pour le bien de la communauté.

Parfois, Edward jugeait qu'il se focalisait sur des inepties. Il n'avait pas de preuve de ce qu'il avançait. Rien ne laissait supposer qu'un jour, quelqu'un s'en prît à lui. Rien à part les réflexions incessantes qui bouillonnaient dans son cerveau fatigué. Il dormait mal, mangeait peu et franchissait le seuil de l'hôtel avec la peur au ventre, celle de ne pas rentrer. Si tel était le cas, se soucierait-on au moins de ce qu'il advenait de lui ou organiserait-on un immense feu de joie autour duquel on danserait pour célébrer la disparition du tueur d'enfants ?

Il se rembrunit et cala sa nuque contre le dossier du fauteuil. En bas de la rue se dessina la silhouette de Matthew, qui marchait à pas pressés, les bras repliés sur la poitrine. Il donnait l'impression de fuir quelqu'un. Où était-il allé, enfin, et pourquoi ses déplacements intéressaient-ils Edward, tout à coup ? L'instituteur ne chercha pas la réponse à cette question, car il la connaissait. Il n'avait personne sur cette île. Personne nulle part, alors, quelquefois…

La porte s'ouvrit à la volée sur un Matthew tendu. Il avait la démarche guindée, l'éclat des yeux inexpressifs et évitait soigneusement Edward, ce qui n'était pas dans ses habitudes. Il passa devant lui, redressa le tableau qui pencha de plus belle sur la gauche, puis se dirigea vers le comptoir avec un automatisme qu'Ed ne lui connaissait pas encore. Il se servit un verre de scotch, qu'il avala cul sec, et enchaîna avec un autre.

— Vous savez, mon vieux, il y a des choses qu'on préférerait ne pas savoir, lança-t-il en tendant son verre à Edward.

Celui-ci le considéra avec une douce surprise. Matthew ne se comportait pas comme d'habitude, il perdait pied. Son rendez-vous l'avait marqué d'une manière ou d'une autre, et l'envie de découvrir pour quelle raison titillait Edward. Bien entendu, il s'abstint de poser des questions, par pure politesse, mais surtout pour s'éviter de nouvelles frayeurs. Le teint de l'hôtelier virait peu à peu au blafard, Ed ne voulait pas tellement s'en mêler.

— Vous comptez garder le cul vissé sur votre fauteuil toute l'après-midi encore ? enchaîna Matthew en approchant.

— C'est un concept intéressant, oui.

— Me permettrez-vous de vous tenir compagnie, en ce cas ?

Edward acquiesça, partagé entre le contentement de se sentir moins seul et les doutes qu'il émettait à l'égard de l'attitude soudain changeante de Matthew.

8.

L'hôtelier s'assoupissait à force d'oisiveté quand onze heures sonnèrent. Il réagit à peine, y compris aux bruits de pas qui provenaient du premier étage, étouffés par la moquette usée. Plusieurs secondes lui furent nécessaires avant de se redresser. L'établissement étant désert, il ne pouvait s'agir que d'Edward, sauf que ce dernier se tenait à ses côtés, l'œil scrutateur et la mine déconfite. Lui aussi avait remarqué et tendait la nuque, l'oreille attentive. Il ne respirait presque pas.

Le plancher grinça juste au-dessus de l'entrée et attisa la curiosité de Matthew. Les doigts serrés autour des accoudoirs de son siège, il se leva, posa l'index sur la bouche à l'intention d'Edward avant de se diriger discrètement vers le comptoir et enfin, vers l'escalier. Il craignait de faire fuir l'intrus ou l'intruse en montant, car les marches auraient tôt fait de signifier sa présence en protestant sous son poids. Il posa néanmoins la main sur la rampe, prêt à rejoindre l'étage. En courant, peut-être que… non, il préférait surprendre, mais comme on l'entendrait d'une manière ou d'une autre, inutile d'y penser.

Son hôte le suivait de très près, aussi silencieux que lui. Matthew fit non de la tête. Ils attendraient un peu. Ils ignoraient qui se trouvait là-haut et sur quoi ils tomberaient. On attenterait peut-être à leur vie.

En tout cas, leur visiteur ne descendit pas, puis dut repartir sans qu'aucun ne s'en rendît compte parce qu'une grosse demi-heure s'écoula sans le moindre bruit suspect. Enfin, Matthew enjamba les marches, Edward toujours sur ses talons.

Les rangées de portes fermées de part et d'autre du couloir s'apparentèrent vite à autant de pièges qu'il y avait de chambres. Matthew commença par la sienne, vide, dans laquelle il hésita à récupérer l'unique arme à feu de l'établissement, qui reposait au fond d'un tiroir. Simple mesure de sécurité. L'idée de ses doigts effleurant le pistolet froid l'en dissuada. Il serait bien incapable de tirer, de toute façon. Il quitta la pièce, puis vérifia celle où dormait Edward. Un désordre indescriptible y régnait. Des vêtements jonchaient le sol, le nécessaire de toilette aussi. Le contenu d'une bouteille de scotch se répandait près de la table de chevet. Edward s'empressa de la ramasser en frémissant à son contact. D'aucuns échangèrent là-dessus.

Après avoir vérifié l'étage entier, le propriétaire des lieux invita l'instituteur à ordonner ses effets personnels, tandis qu'il l'attendrait en bas. Il reprit place sur son siège, l'esprit en ébullition. Quelqu'un avait fouillé la chambre d'Edward. Après tout, on cherchait peut-être bien à lui mettre la disparition de Sally Barton sur le dos. Des gens, au village, savaient forcément quelque chose. Les phénomènes de Taily Fair duraient depuis assez longtemps pour que des histoires sur leur compte circulassent.

9.

Le reste de la journée s'écoula avec une lenteur abominable. Les tic tac de l'horloge, au-dessus du poste de radio, égrenaient les secondes pour les étirer en heures affligeantes. Personne ne revint, ne passa dans la rue ni ne frappa à la porte. Ed osa à peine se lever pour se rendre aux toilettes, situées dans l'arrière-cour. Pas assez de courage, supposa-t-il. Le fauteuil qu'il occupait avait un côté rassurant, celui du velours tiède de ses accoudoirs et de son dossier, de sa position, de la vue qu'il offrait vers l'extérieur. De là, Edward avait passé des heures à détailler les motifs de la vieille tapisserie, les branches des rares arbres en face, les irrégularités que présentait la route. Même les taches sur les carreaux constituaient un repère. Souvent, une odeur de café chaud flottait dans l'air. Il y avait aussi la présence apaisante de Matthew, dont les habitudes marquaient le temps qui passait.

Sans songer à manger, les deux hommes s'enfoncèrent dans le silence et l'immobilisme, puis quand la nuit tomba, Matthew parut se ressaisir subitement.

Sans une explication, il enfila son manteau et quitta l'établissement.

— Voilà que ça recommence, marmotta Edward.

Il colla le visage contre la vitre pour essayer d'apercevoir Matthew, mais l'obscurité l'avait déjà happé.

— Tant pis, décida Ed en quittant son siège avec raideur.

Il imita son hôte et sortit à son tour, bien décidé à lever le voile sur le mystère de ses pérégrinations nocturnes. Au diable la vie privée ! Les nerfs d'Edward céderaient s'il ne se bougeait pas.

Le vent lui fouetta le visage sitôt la porte franchie. Une chape de noirceur plombait le ciel bleu nuit et de grosses gouttes glacées ne tardèrent pas à marteler la terre battue du sentier que suivait l'instituteur. Il marchait dans la boue, luttait contre les rafales, la tête enfoncée dans les épaules et protégée par la capuche qu'il maintenait. La pluie ruisselait sur son visage. Il renifla piteusement en constatant qu'il ne trouverait jamais Matthew avec une météo pareille.

Il cheminait quasiment à l'aveuglette. Il ne connaissait pas encore assez bien Taily Fair pour ne pas se perdre entre la Grande et la Petite, surtout avec le brouillard qui se levait. S'il s'en référait à son sens de l'orientation plutôt rouillé, l'hôtel se situait derrière lui. Le bruit des vagues qui commençaient à se déchaîner sur l'isthme renforça sa décision de tourner les talons, en espérant rejoindre très vite un lieu familier.

Une bourrasque se leva d'un coup, balaya la lande et forçant le jeune homme à reculer pour mieux avancer ensuite. Enfin, mieux avancer, c'était vite dit !

— Bon Dieu !

Personne ne portait donc secours aux habitants égarés en pleine tempête, sur cette île de malheur ? Edward se fustigea de ne pas avoir cédé à la tentation, pourtant très forte, de quitter Taily Fair pendant qu'il en était encore temps. Qu'allait-il advenir de lui au milieu de cette pagaille météorologique ?

Il arrondit un peu plus le dos, plaqua les bras contre son ventre et avança, tête baissée, en espérant créer une percée dans le vent. Sa progression restait minime, mais il ne reculait plus. Les rafales lui fouettaient le visage et le glaçaient jusqu'au sang. En fin de compte, Londres lui manquait peut-être un peu. Ses immeubles, ses rues, ses voitures...

Un cri lointain le tira de ses pensées. Il se redressa, intrigué, songea à passer son chemin, puis se remémora ce à quoi il songeait un instant plus tôt. Lui apprécierait qu'on l'aide en ces moments de détresse. Il fit demi-tour, tant en souhaitant satisfaire sa conscience que rentrer en vie à l'hôtel.

Sa première réaction fut d'espérer qu'on ne hurlât plus. Avec la peur qui s'immisçait dans chacune de ses veines, dans chacun de ses muscles, facile de ne pas chercher plus loin que le bout de son nez. Le lendemain, au réveil, en revanche... Mais là n'était pas le problème, car Edward se demandait par où commencer. L'appel à l'aide émanait de partout et nulle part à la fois, un peu comme un écho. Pas étonnant avec la mer et le vide qui entouraient les lieux.

L'instituteur tendit l'oreille. Le cri qu'il attendait – ou n'attendait pas, selon le cas de figure – déciderait de ses actes à venir. Il patienta durant de longues secondes, presque interminables. On gémit, cette fois. Il s'agissait d'un homme et comble du désastre, Edward aurait reconnu cette voix entre mille : celle de Matthew. Le seul habitant à ne pas le dévisager, à ne pas brandir un couteau sous son nez et à l'avoir accueilli comme n'importe qui aurait dû s'y employer.

Le vent redoubla d'intensité, alors qu'Ed s'apprêtait à emprunter l'isthme malgré les risques. Combien de chances avait-il de finir à la mer, enseveli sous des vagues terribles et meurtrières ? Avec de la concentration, tout se passerait bien. Il s'engagea timidement sur le passage. L'eau léchait ses chaussures. Il déglutit, soudain mal assuré. Le contrecoup des évènements survenus dans la capitale britannique reprit le dessus l'espace d'un instant et suffit à le déstabiliser. Les bras tendus sur les côtés, il rétablit l'équilibre précaire duquel dépendait son destin.

Quand la houle s'abattit sur les écueils, prête à emporter Edward, celui-ci renonça. À contrecœur, les lèvres tremblantes, il dut se résoudre à rebrousser chemin. À moins de vouloir être deux à perdre la vie, il força ses jambes molles à le mener loin de la petite Taily Fair, loin de ce raffut. Très vite, les bourrasques l'empêchèrent d'entendre les cris, s'ils existaient encore. Si leur propriétaire vivait toujours ou avait la force de les pousser.

Edward s'enfonçait dans les terres quand une lueur indistincte se mit à danser droit devant. Il plissa les yeux pour tenter de distinguer ce qui bougeait ainsi : la lueur d'une lampe à gaz. Quelqu'un la tenait forcément ! Son cœur se mit à battre la chamade, en proie à une vive émotion, celle que quelqu'un, ici, avait daigné mettre le nez dehors pour le récupérer. Il manqua s'arrêter quand Ed discerna enfin les traits de l'homme qui baladait cette lampe sur la lande. Ses membres inférieurs cédèrent pour de bon. Il tomba à genoux. On accourut auprès de lui, les pas s'accélérèrent. Trop tard, il gisait à demi dans la boue. On se pencha sur lui avant de l'obliger à lever les yeux.

Matthew.

En chair et en os. En vie.

— Hé... Qu'est-ce qui ne va pas ? s'enquit l'hôtelier.

Sa voix portait par-dessus le vent et l'entendre rasséréna Edward. Il avait vraiment cru à la fin. Nom d'un chien ! La peur lui jouait-elle des tours ? Il avait entendu Matthew appeler au secours, il était prêt à le jurer ! Alors, comment expliquer que non, ça n'allait pas trop, qu'il avait connu mieux ? Comment, surtout, admettre que ses inquiétudes cachaient sûrement un sentiment qu'il refoulait depuis de longues années ? Il bafouilla quelques excuses, puis Matthew l'aida à se remettre sur pied.

Le trajet du retour, silencieux, hormis pour le vent qui continuait de souffler, parut durer une éternité. L'odeur boisée familière de l'hôtel rasséréna le jeune homme. Matthew raccrocha ses clefs sur le présentoir et s'empressa de raviver le feu qui crépitait dans l'âtre, avant de retourner auprès de son hôte.

— J'ai rarement vu quelqu'un autant affecté, constata-t-il en quittant la pièce.

Il revint avec une serviette. Ed le considéra un instant, les yeux un peu brillants.

— Depuis la guerre, je suppose ? glissa-t-il avec une pointe de mépris.

Il n'appréciait nullement qu'on lui rappelât sa position de faiblesse. Il s'était suffisamment senti dépendant des autres. Matthew se braqua.

— Non, non, non ! Arrêtez de tout ramener à vous.

Il soupira, vexé ou surpris du ton qu'il employait.

— Je n'ai pas l'habitude de, euh... gronder ou...

— Vous m'avez appelé, tout à l'heure.

Matthew observa Edward avec surprise. Ed se félicita d'avoir ainsi coupé court à la conversation gênante qui s'installait, mais se remémorer ce qu'il venait de vivre ne l'enchantait pas davantage. Quitte à choisir, il préférait encore aborder le second sujet.

— Non, répondit Matthew.

Il détourna les yeux.

— Si, insista Edward. Loin de moi l'idée de vous contredire ou d'essayer de vous ramener en des temps que vous préféreriez oublier...

— Vous préféreriez les oublier aussi, l'interrompit l'hôtelier.

— Je vous ai entendu.

— Je ne crois pas, non.

La réalité dépassa Ed. Matthew avait... Oh, et puis zut ! Il savait ce qu'il racontait !

— Vous y verrez plus clair après vous être lavé, et encore mieux demain, lui certifia Matthew en posant une main sur sa cuisse. Une bonne nuit de sommeil et...

Il réalisa alors son geste, se figea un instant, puis se releva d'un bond.

— Veuillez m'excuser, annonça-t-il avec empressement.

Il tourna les talons et partit en direction de la petite pièce située derrière l'accueil. Quand Edward trouva la force de se hisser sur ses jambes, il l'y rejoignit.

— Ce n'est rien, assura-t-il. Je m'en fiche.

— Que j'aime les hommes ou que j'ai...

Matthew lui tournait le dos. L'instituteur tendit la main et referma les doigts sur le bras de Matthew pour le forcer à l'affronter. L'hôtelier pivota lentement vers lui et lui adressa ce regard fier, celui qui avait plu à Edward dès leur rencontre. Un hochement de tête de la part d'Ed suffit à dissiper tout malentendu, du moins en apparence et en ce qui concernait Matthew. Edward, lui, devait admettre qu'il commençait à se poser de sérieuses questions.

— J'ai cru que vous étiez coincé sur la Petite. J'ai eu très peur pour vous, finit-il par avouer.

Matthew acquiesça précipitamment avant de prendre congé. Il avait à faire. Son hôtel n'accueillait qu'une seule personne, mais il fallait bien lui préparer une tisane pour le réchauffer, car Edward était toujours aussi secoué. Il suivit son hôte près de l'entrée et resta debout devant la cheminée, l'esprit brumeux et les émotions en vrac.

10.

Il y avait cet homme jamais vu auparavant, près de l'isthme. Depuis sa fenêtre, Léonie suivait sa progression avant de le perdre pour de bon dans la brume. Ce dément n'y retrouverait pas son chemin, même s'il empruntait la bonne direction ! Ce coin de l'île n'était pour personne. Il y avait les cris, chaque nuit. Ces appels au secours. Ces pleurs qui n'en étaient pas vraiment et qui paralysaient Léonie. Parmi eux, elle reconnaissait ceux de son fils. Son pauvre fils, si malheureux, ses sanglots en travers de la gorge. Et elle, persuadée de pouvoir le garder sous clef. Le cadenas ne bougeait pas, cependant. Pas une fois ; elle avait beau vérifier, encore et encore, il restait à la même place, fermé et immobile.

Pourtant, son garçon criait dehors, depuis la Petite. Son grand garçon qui avait si peur. Lui qu'elle maintenait enfermé précisément pour l'empêcher de sortir, de traverser l'isthme et de crier ainsi, d'appeler au secours. Elle l'entendait, bon sang ! Elle l'entendait, alors qu'il se tenait de l'autre côté de la porte fermée à clef ; elle en était persuadée.

Elle frappa doucement au battant, mais aucun bruit n'émana de la pièce derrière. Il faisait nuit, le jeune homme dormait peut-être. Ou il avait fui par l'unique fenêtre.

— Non, impossible, se raisonna Léonie.

Elle avait barricadé la seule issue avec des planches en bois clouées, et d'autres planches par-dessus les premières. Il y avait bien dix centimètres d'épaisseur. Seule une trappe permettait de glisser un plateau-repas. Léonie tenait à se créer un abri – de fortune, mais un abri malgré tout – au cas où les plumes, chaque matin, deviendraient plus envahissantes. Ça n'avait jamais été le cas ; elles restaient éparpillées dans le potager jusqu'à ce qu'une bourrasque les chassât. Dans la journée, rien. Pas de plaintes au loin non plus. Que le silence, et parfois un ou deux téméraires qui venaient guetter ce que l'infâme Léonie fabriquait sur ses modestes terres. Aucun n'imaginait qu'elle pouvait seulement survivre, essayer de composer avec les regards de biais quand on s'approchait de sa maison, avec les mythes colportés sur son compte. Il ne fallait pas croire, elle savait tout ceci, car il fut une époque où elle sortait encore autrement que pour faire le plein de provisions quand le *Tristan* amarrait. Il n'y avait pas de raisons pour que les mauvaises langues eussent cessé leurs tristes actions.

11.

Le trouble germait dans l'esprit de Matthew. Allongé sur son lit, les bras ramenés sous la nuque, il fixait le plafond à la lumière de l'ampoule nue. Un point noir émergeant de la pénombre avançait dans sa direction et à mesure qu'il progressait, il s'apparentait à une araignée. Matthew porta toute son attention sur elle pour essayer de se vider la tête. Plus facile à dire qu'à faire.

La similitude entre les propos d'Edward et ceux de Nora le tracassait. La vieille fille avait parlé des voix et Ed jurait avoir entendu celle de Matthew, près de l'isthme. La démence de l'une et l'épuisement de l'autre l'emportaient-ils en une succession de coïncidences ? L'hôtelier sombrait peut-être dans un début de psychose. Il fit la moue, un air perplexe sur les lèvres. Il ne doutait pas de la folie de Nora. Personne n'en doutait sur Taily Fair, il s'agissait d'un fait établi et vérifié antérieurement à la naissance de Matthew. Edward, lui, venait d'arriver et il chamboulait déjà le quotidien de l'hôtelier. À ce propos, il s'enfonçait dans une sorte de torpeur qui ne disait rien qui vaille. Qui perdait la boule ?

Matthew ne le montrait pas, mais les questions qui se bousculaient attisaient un début de frayeur qu'il redoutait de ne plus maîtriser. Du reste, impossible de compter sur Edward. Inenvisageable. Cet homme répondait à la peur par un autre élan de peur et la nourrissait depuis son fauteuil, derrière la fenêtre. Des heures durant, Matthew avait cherché les mots pour le pousser à réagir, pour le convaincre qu'on ne guérissait pas le mal par le mal et qu'il avait Matthew à ses côtés, au besoin.

L'hôtelier gardait tellement d'émotions pour lui. Il les enfouissait à coups généreux de paroles positives, sans trop y croire. Il était légitime qu'Edward se renfrognât, qu'il résistât à l'idée de mettre le nez dehors, de côtoyer des gens. Matthew avait certains mots pour le rassurer, de ceux qu'il deviendrait de plus en plus difficile à dire au fil des semaines ; ce n'était pas le bon moment.

CHAPITRE IV

1.

Un jour nouveau se levait sur Taily Fair et Matthew contemplait l'aube rougeoyante depuis la fenêtre de la cuisine, en ignorant les quelques mouches massées sous l'appui, près d'un taillis. Une tasse de café à la main, il se tourna vers un Edward fatigué quand celui-ci entra dans la pièce. Non, ce n'était pas le bon moment, même s'il lui coûtait de le voir avec cette triste mine.

— Avez-vous dormi ? demanda-t-il avec sollicitude.

— Un peu. Deux ou trois heures.

— Café ?

— Volontiers.

Matthew servit son hôte avant de lui tendre une tasse fumante. Edward touilla en s'attablant. Les yeux dans le vague, il continua de brasser le liquide et la cuillère émit une succession de cliquetis réguliers. Lents. Hypnotiques. Elle happa son attention, qui glissa doucement dans une confusion de rêverie et de contemplation. Enfin, il souffla et la porta à ses lèvres.

— Vous n'avez pas fait les cent pas, la nuit dernière, annonça-t-il sans oser le regarder.

Il n'aimait pas aborder le sujet. Matthew pouvait se renfrogner à l'idée qu'il se mêlât de ses affaires. Ed ne le souhaitait pas, car l'hôtelier était le seul à lui exprimer de la considération.

Face au silence de son hôte, il avala son café à toute vitesse, s'étira, puis se leva. Il ne tenait pas en place. Sommeil léger, appréhension ridicule et manque indéniable de volonté avaient fait de lui une proie facile. Il avait réfléchi, et attendre seul dans son coin n'était pas une solution. Il devait sortir.

— Où allez-vous ? lança Matthew en le suivant dans l'entrée, sa tasse toujours à la main.

— Voir du pays.

Edward s'arrêta devant la porte, puis pivota en direction de l'hôtelier.

— J'en ai assez d'attendre ici, avoua-t-il en ouvrant finalement.

— Vous ne devriez pas. Qui sait si vous êtes prêt à vous confronter au monde ?

— Je crois que vous m'étouffez. Tous comme vous êtes.

— Votre haleine empeste surtout le whisky, l'admonesta Matthew en arquant le sourcil. Je serais curieux de connaître le sort réservé au reste de la bouteille de l'autre jour, dans votre chambre.

— Vidée par la fenêtre.

L'hôtelier soupira, vraisemblablement las de cet effort vain pour mentir.

— L'idée ne vous est pas venue de vous servir dans celles rangées sous le comptoir, j'espère ?

Edward leva les mains d'un air innocent qui jurait avec son haleine.

— Ça, vous n'aviez qu'à pas la laisser traîner, mais non, pas touché. Promis.

Un silence laconique s'interposa entre les deux hommes, durant lequel Matthew ne cilla pas. Au contraire, il fixa Ed, presque certain de pouvoir lire dans ses yeux. À moins qu'il attendît de s'excuser avant.

— Vous avez le droit de me faire confiance, vous savez, reprocha Edward.

Dans son timbre, le dédain l'emporta. Il avait l'habitude de ce genre de comportement, odieux de son point de vue, alors que le contraire se vérifiait tout autant. Malgré cela, Matthew ne poussa cependant pas l'humiliation en vérifiant le contenu de sa propre bouteille ni de celle d'Edward dans la poubelle. Celui-ci s'apprêta à prendre congé, mais un pli sur le paillasson l'interpella.

— Vous avez du courrier, dit-il en ramassant la lettre.

Une vulgaire feuille pliée en trois et mal scellée avec, dessus, un « M » d'imprimerie collé au milieu.

— C'est curieux pour une lettre, constata-t-il en la remettant à son destinataire.

Puis il quitta le bâtiment sans se préoccuper de Matthew, pour une fois. Du reste, celui-ci ne chercha plus à l'empêcher de sortir, subitement obnubilé par le pli.

Ne pas s'occuper des autres, faire comme tout le monde ici, ne pas se mêler… Facile à dire, surtout quand on cherchait des réponses. Ed ne doutait pas de la bonne volonté de Matthew et il imaginait bien qu'en essayant de le retenir, il contribuait à sa propre tranquillisation. Une sorte de remède par procuration. Il ne lui en tiendrait pas rigueur.

La tête vide, il marcha jusqu'au domicile d'Abigail. Il préférait ne pas réfléchir à ce qu'il lui annoncerait lorsqu'elle ouvrirait la porte – si elle la lui ouvrait. La disparition de Sally avait creusé un écart entre eux, alors que l'instituteur pensait sincèrement côtoyer une âme charitable sur cette île peu amicale. La mère de la fillette l'avait accueilli à bras ouverts quand d'autres le considéraient avec méfiance. Il ne s'était pas senti évalué ni observé une seule seconde en sa compagnie. Les évènements qui la bouleversaient l'avaient changée, révélant une personnalité moins douce, mais Edward ne pouvait pas juger. Personne ne le pouvait.

2.

— Le corbeau.

Matthew plissa les lèvres.

— Le corbeau, répéta-t-il.

D'un geste brusque, il fit sauter le cachet, l'ouvrit, puis parcourut la lettre d'un œil distrait.

3.

Toute notion de temps échappait à Edward. Planté sur le seuil de sa maison, il fixait Abigail, qui le scrutait en retour. Là, il avait l'impression qu'elle le jugeait.

Elle ne cligna pas des paupières, ne sourcilla pas. Sa posture immobile dégageait de l'assurance. Ed, lui, en manquait cruellement. Il n'était pas là pour se faire analyser. Malgré ses bonnes intentions, il n'eut pas le cran d'insister et fila sans demander son reste, le regard inflexible d'Abigail à jamais gravé dans sa mémoire.

La route jusqu'à l'hôtel lui parut longue, si longue. Sur place, il trouva un Matthew déchaîné, sensible au moindre bruit. En quelques secondes, il redressa plusieurs fois le tableau de l'accueil, son enveloppe dans une main.

Il se jeta presque sur Edward et le saisit par les épaules.

— Il se pourrait que l'on colporte des mensonges à mon sujet dans les jours à venir, déclara-t-il d'une voix qui se voulait normale.

Elle ne chevrotait pas ni n'était faible. Au contraire, il parla distinctement et avec un timbre clair.

— Il se pourrait que Nora parle, en réalité. Je crois que c'est elle, le corbeau. Souvent, des rumeurs circulent sur les uns et les autres, et elles viennent d'elle. Elle colporte ses ragots, puis repart chez elle. Sa maison…

Les bras serrés contre sa poitrine, Matthew frémit.

— Je ne veux plus y retourner.

— Personne ne vous demande de…

Edward se tut. Il se sentait misérable avec les conseils factices qu'il se préparait à prodiguer. Évidemment que personne ne demandait à Matthew de retourner chez Nora Eloy ! La véritable question ne résidait pas là, mais dans le fait qu'il y fût déjà allé. Poussé par un intérêt malsain et l'envie d'ôter à Matthew un fardeau qui le chamboulait, Ed tendit le bras pour récupérer le pli. Contre toute attente, l'hôtelier crispa les doigts sur le papier, quitte à le déchirer. Peut-être souhaitait-il qu'il n'en restât presque rien, à peine des morceaux arrachés ?

— Vous…

Edward se mit à la place de Matthew et jugea utile de lui parler. Malgré ce qu'il montrait, lui appréciait quand son hôte essayait de mettre des mots sur ce qu'il endurait, alors l'inverse devait se révéler tout aussi exact.

— Vous n'avez pas à supporter ça seul.

Il posa la main sur l'épaule de Matthew, qui recula légèrement. Quel que fût son secret, il n'en menait pas large. Edward ne l'avait jamais vu dans un tel état d'anxiété et ça ne le rassurait pas beaucoup de constater que Matthew possédait, comme lui, une faiblesse.

— Nora parlera, elle ou qui que soit ce maudit corbeau, donc… autant que je le fasse avant elle. Ça jasera au village. Partout. Quelqu'un a dû me voir embrasser ce…

Matthew secoua la tête de dépit.

— Je n'aurais pas dû, déplora-t-il dans un soupir. Il tendait le visage vers moi.

Un sourire nostalgique adoucit ses traits et éclaira ses prunelles, à la manière d'un souvenir à nouveau vécu en temps réel.

— Vous avez embrassé un homme, comprit Edward sans peine. Et après ? Moi, je m'en fiche.

— Ce n'est pas comme si j'espérais encore avoir de la clientèle sur ce bout de caillou, bien sûr.

Un rire nerveux échappa à Matthew.

— Ne le prenez pas mal, mais tout le monde se fout de votre avis, au cas où vous n'auriez pas remarqué.

Edward se renfrogna.

— Je ne suis pas le bienvenu ici, je commence à le savoir, merci. Et ce corbeau ? se renseigna-t-il pour changer de sujet.

Matthew haussa les épaules.

— On ignore son identité et pour tout vous dire, on évite d'en discuter. Pour le moment, les habitants sont focalisés sur la disparition de Sally, alors le corbeau…

— Je ne l'ai pas enlevée, vous me croyez, au moins ?

Un nœud affreux se logea dans la gorge d'Edward. Il articula avec peine et une vive émotion s'empara de lui. Si une seule personne pouvait accepter son innocence !

Le silence qui suivit suffit à l'enfoncer un peu plus. Matthew le soupçonnait, mais d'un autre côté, il suspectait peut-être le village entier. Ses doutes sur Nora paraissaient évidents. Concernant le corbeau, en tout cas. Pour Sally, en effet, Edward était le suspect idéal et s'il fuyait, s'il rejoignait le continent, les soupçons se transformeraient en accusations virulentes. Son départ constituerait une preuve aux yeux des autres.

— J'aime les hommes et on vous imagine en kidnappeur d'enfants, quel duo ! ricana Matthew.

Imagine. Ce mot résonna en Edward comme un simulacre de délivrance. L'hôtelier n'avait pas dit qu'on l'accusait d'avoir enlevé Sally, il avait choisi un autre terme, moins dur. Pour le préserver ? Sans doute, mais il appréciait ce geste simple et porteur d'un soulagement inespéré.

3.

Au fil des jours, Matthew passa le plus clair de son temps sur les falaises. Edward reprenait peu à peu le dessus par rapport à ses démons et enseignait de nouveau. Quand ses jambes daignaient le porter jusqu'à l'école, l'hôtelier sonnait une cloche. En ces circonstances, venait qui le pouvait ; Ed' ne blâmait personne.

Sally n'avait pas reparu au bout d'une semaine, à son grand désespoir, mais les habitants lui fichaient une paix relative. Dix jours qu'il avait accosté et ils ne l'abordaient pas, ne l'invectivaient pas et se gardaient bien de le croiser dans la rue. Matthew, lui, ne savait quoi en penser. Juger Edward responsable de la disparition de Sally revenait à l'accuser sans l'assurance de sa culpabilité. Innocent jusqu'à ce que l'on apportât la preuve du contraire. De là à jurer qu'il n'avait rien à voir là-dedans, non, il en était bien incapable.

En considérant la fouille en bonne et due forme de sa chambre, l'autre jour, quelqu'un sur l'île avait la même idée en tête que Matthew. Celui-ci ne nourrissait aucune suspicion à l'égard d'Edward, mais rien n'attestait du contraire non plus. Matthew nageait donc entre deux eaux et le sentiment de s'y perdre grandissait en lui. Une bonne conversation avec son hôte serait susceptible de dissiper tout malentendu, mais il n'avait pas le cœur à ruiner les efforts que fournissait Edward pour sortir de l'hôtel. Enfin, Matthew ne le trouvait plus systématiquement avachi dans le fauteuil qui jouxtait la fenêtre, le regard vide et la mine hagarde. Enfin, il ne devait plus supporter la vue d'un semblable qui s'abandonnait à la peur avec certainement l'envie cruelle de vider une autre bouteille.

Matthew agissait sans doute dans son propre intérêt avant de se préoccuper d'Edward. Il se souciait de son état d'une curieuse façon, d'autant que personne, sur Taily Fair, ne le ferait à sa place. Edward était isolé et il ressassait les faits, les attitudes et les réflexions avec une dangereuse monomanie. Matthew gardait un œil sur lui, mais il éprouvait un besoin de réciprocité depuis Londres. Edward ne l'avait pas oublié, il n'avait seulement jamais su qui était cet homme, une nuit de pleine lune, alcoolisée et tissée des rêves les plus inimaginables.

Voir le monde depuis les falaises donnait une sensation de liberté extrême. Le vent fouettait le visage de Matthew, les vagues s'écrasaient en bas et les mouettes planaient en criant. Sauf quand le silence s'abattait sur elles, sur tout ce qui entourait les lieux ; quand les voix, selon Nora, absorbaient les bruits pour s'en repaître.

L'hôtelier croisait souvent James là-haut, parfois accompagné d'Amanda. Il poursuivait ses repérages et se plaignait du manque de luminosité. Le ciel tirait sur le gris foncé depuis plusieurs jours ; Matthew craignait un grain de tous les diables très prochainement. Cela dit, ce n'était rien à côté de l'humeur de James.

— Votre ami, enfin… si on peut l'appeler ainsi…, commença-t-il, au matin, avec un air mi-réprobateur mi-goguenard.

Amanda lui adressa un regard furieux, se gardant toutefois d'intervenir. Matthew réalisa que le photographe s'agaçait d'un rien et lui aussi s'abstint d'envenimer la conversation.

— Sa présence met tout le monde à cran, poursuivit James en constatant que nul ne lui coupait la parole. Ça cause pas mal et vous le savez aussi bien que les autres. Au café, vous n'entendez jamais rien sur son dos ou vous ne *voulez* pas entendre ?

Matthew se raidit. James chatouillait gentiment sa patience et dans un instant, il le prierait d'aller se faire voir.

— Sans oublier qu'Abigail lui trouvait un comportement bizarre quand il a bu le thé chez elle. Savez-vous ce qui trotte dans la tête de ce gars-là, Matthew ?

Abigail. Que venait-elle faire là-dedans ? D'ordinaire, personne ne se souciait de son opinion. Au mieux, on lui accordait autant d'importance qu'à Edward. Au pire, on la méprisait. Une seule raison expliquait qu'elle retournât ainsi sa veste, en se réfugiant derrière les habitants, unis comme un seul homme : Edward avait enlevé Sally, sa fille unique qu'elle chérissait tant, mais elle se sentait surtout responsable de ne pas l'avoir empêchée de jouer près de l'isthme, alors elle rejetait la faute sur le premier venu pour s'épargner de sombrer dans une folie dévastatrice. Ça ou Matthew avait tout faux.

Sensiblement distrait, l'hôtelier se demanda ce qu'il dénicherait s'il ouvrait le crâne de James. Il n'avait jamais eu les idées très claires, certes, mais aujourd'hui, il dépassait les bornes. Edward n'avait commis aucun acte répréhensible, il ne fixait pas intensément ses élèves et ne cherchait d'histoires à personne. Il était calme et malgré de légers doutes à son sujet, Matthew en avait assez de le savoir qui subissait les incriminations sans broncher.

— Oubliez-le, James, lança-t-il en tournant les talons.

Le photographe l'agrippa par le bras, sans méchanceté, même si une étincelle d'audace enflammait son regard d'ordinaire vague.

— Et Sally ? On l'oublie aussi ?

— Je n'ai pas…

Matthew soupira. À quoi bon s'entêter à discuter avec cet homme ? Il avait certainement un avis très arrêté sur la question et sa sobriété actuelle n'y changeait rien.

4.
— Arrêtez ! s'interposa Amanda. James !

Elle se positionna entre les deux hommes, les bras écartés pour les empêcher de se confronter physiquement. James se rembrunit sans tarder.

— Abigail elle-même a parfois une attitude, disons singulière, allégua la jeune femme. Tout le monde ou presque en a une, ici. C'est cette île qui est étrange. Rentrons, James. S'il vous plaît.

Il la dévisagea avant d'approuver.

Elle n'aimait pas le cours que prenait cet échange. Il visait à incriminer Edward, et sans le juger coupable ni innocent, elle croyait vraiment que Taily Fair exerçait une influence néfaste sur ses habitants. Il suffisait de voir Nora, de connaître l'histoire de Léonie pour comprendre.

Amanda se sentait de trop sur l'île, comme si un quelconque secret y enchaînait ses occupants et qu'elle exacerbait leurs soupçons. Bon sang, elle quitterait cet endroit si elle en avait les moyens ! Rien ne la retenait ici… hormis James. Un peu. Malgré son penchant pour la bouteille, il ne pensait pas à mal. Il avait juste peur pour sa petite sœur. Johanna était tout ce qu'il lui restait en ce bas monde et quand il parlait d'elle, quand il avouait, à demi-mot, les soucis qu'elle lui causait, Amanda éprouvait une compassion sans limites pour cet homme esseulé et marqué. La responsabilité d'aider Johanna à grandir, bien qu'elle refusât le moindre soutien de cet inconnu à ses yeux, revenait à James. Il racontait qu'un jour, il l'amènerait sur le continent et que là-bas, elle entamerait une vie paisible, loin des souvenirs de leurs parents, heureux et malheureux.

5.

Le bloc qui correspondait à la stature du *Tristan* apparut à l'horizon. Comme à l'accoutumée, Léonie patienterait jusqu'à ce que chacun récupérât sa part de vivres pour emporter la sienne. Déjà, le sac de chanvre traînait, grand ouvert, à côté de la porte.

Le corps de la vieille femme frissonnait, elle était fébrile à l'idée de laisser son fils seul dans la maison. N'importe qui pouvait attendre qu'elle partît pour se glisser chez elle et commettre l'irréparable : le libérer. Une fois dehors, il n'accepterait plus de rentrer, car elle le destinait à une existence de misère, elle en avait conscience. Il vivait dans l'unique chambre de cette habitation miteuse depuis près de trente-cinq ans, à la lueur d'une bougie. Il lisait, mais Léonie n'ayant pas les moyens de se procurer de nouveaux ouvrages, il parcourait toujours les mêmes et devait être capable d'en réciter chaque ligne. Elle avait mal au cœur pour lui, se fustigeait de reproches, tout le temps, mais sa petite voix intérieure, sa raison, martelaient qu'elle agissait pour leur bien à tous deux. Il avait fallu d'autres bouquins pour tromper l'attente d'une vie meilleure. Léonie entendait son fils tourner comme une bête en cage et régulièrement, il jetait son bougeoir sur le mur attenant à la pièce principale, lequel arborait les heurts multipliés ces dernières semaines.

Léonie avait profité d'une journée paisible pour se glisser jusqu'à l'hôtel de Matthew Shern, puis dans la chambre de ce nouvel arrivant qu'elle ne connaissait que de visage. Rien. Aucun livre, mais au rez-de-chaussée, il y avait une bibliothèque, du moins, si le propriétaire des lieux ne l'avait pas retirée en reprenant l'affaire. Elle pouvait tenter une seconde excursion ; la santé mentale de son fiston en dépendait. La sienne aussi. Elle allait devenir dingue s'il ne se calmait pas. Elle préférait tant faire comme s'il n'existait pas ! Pelotonnée dans un silence routinier et rassurant, elle laissait couler les jours, puis les nuits, et chaque matin, elle ramassait les plumes éparses, ainsi que les légumes pour la soupe.

Le *Tristan* approcha encore. De sa fenêtre, Léonie avait une vue imprenable sur le large. Elle apercevait les navires passer au loin, et autrefois, guettait le retour de son mari sur son bateau de pêche. Ça lui manquait à l'occasion. Tout n'allait pas mieux qu'à ce jour, mais elle savait ce sur quoi elle s'attardait : la rentrée de son époux, cet être épouvantable qui jamais ne buvait, jamais ne l'avait violentée, mais qui possédait une nature profonde méchante, assez pour abandonner femme et enfant, alors que leur deuxième bébé naîtrait bientôt. Mort-né. Léonie serra le poing sur la lame du couteau qu'elle tenait pour éplucher les pommes de terre. Une brûlure lui engourdit la main. La douleur l'empêcherait de hurler de rage à l'encontre de cet individu qu'elle pensait aimer, qu'elle aimait, d'ailleurs, et qui avait trompé sa confiance avec une facilité déconcertante. Quelques gouttes de sang perlèrent sur les légumes. Elle lâcha le couteau, puis le ramassa avant d'en ficher la lame dans le bois de la table.

Le vent s'infiltra par les lattes disloquées de la maison et siffla comme une réponse à la déception de Léonie, un son familier en ces heures automnales.

6.

Matthew avait moyennement repris le dessus par rapport aux observations de James. Au lieu de glisser sur lui, elles gagnaient son esprit et s'y déployaient avec une rapidité remarquable.

Malgré les propos rassurants qu'il tenait à Edward, il n'y croyait pas une seule seconde, du moins, pas à la plupart. Si les habitants décidaient de le trouver pour le contraindre à avouer, rien ni personne ne les en empêcherait, surtout pas Matthew, seul et en proie au doute, lui aussi.

Il ne parvint pas à avaler son repas, encore moins à rester assis, stoïque, face à Edward. Cet homme n'avait rien d'un enleveur d'enfants ! Il mâchait son morceau de pain sans conviction, buvait une gorgée d'eau, mangeait encore. Maigrement. À la fin, l'assiette débordait encore de son contenu ou presque. Il ne parlait pas, ne s'exprimait pas sur la situation, hormis quand il attendait dans le fauteuil de l'entrée. Là, il discutait plus et mieux, sans doute rassuré à l'idée de voir le danger s'il arrivait.

Matthew avait quitté l'hôtel bien avant les coups de treize heures à la petite horloge de la cuisine. Il s'attardait sur l'une des falaises qui surplombaient la côte, vers l'Écosse. C'était le jour du ravitaillement, l'unique moment où il se sentait un tant soit peu rattaché au reste du monde, quand il se rappelait que d'autres personnes existaient à l'opposée de la mer qui s'étendait à perte de vue.

La masse imposante du bâtiment se détacha délicatement du brouillard. Celui-ci flottait par bancs éthérés et conférait à l'eau une allure spectrale. Matthew ne considérait pas Taily Fair comme repoussante, selon l'idée de certains habitants. Eux allaient jusqu'à soutenir qu'elle était hideuse, qu'il en émanait une aura propre aux lieux maudits, glauques ou reculés. L'hôtelier était d'accord pour dire qu'en général, les terres isolées traînaient souvent une triste réputation, avérée ou non. Quelques ruines, des rumeurs et le cri des mouettes à la tombée de la nuit suffisaient à instaurer un climat non de peur, mais au moins de méfiance. L'île n'y échappait pas. Rien de très étonnant avec les ravins, la brume et les rafales fréquentes ; Matthew le concédait, Taily Fair adoptait parfois des airs énigmatiques.

— C'est beau, n'est-ce pas ? lança-t-il quand il entendit Edward le rejoindre.

— Calme, surtout. Je n'en attendais pas plus de cet endroit.

— Et je suppose que vous n'en attendiez pas tant de la part des gens…

Un soupir échappa à Matthew.

— Vous êtes contrit.

— Non, assura-t-il.

— Je ne vous posais pas la question.

L'hôtelier tourna le visage en direction d'Edward, qui le sonda plus qu'à son habitude. Qu'essayait-il de lire sur ses traits ou de deviner dans ses yeux ? Rien qu'il ne découvrît, espéra-t-il. Matthew avait la fâcheuse tendance de laisser transparaître certaines émotions et l'abattement se déduisait aisément à sa gestuelle. Ainsi, pour se redonner une contenance, il ne détourna pas le regard. Avoir l'air sûr de lui afin de transmettre une information erronée, en quelque sorte.

— Vous ne me convaincrez pas avec votre fausse confiance en vous, glissa Edward en reportant son attention sur le rivage.

Le bateau passait à présent les écueils qui cernaient Taily Fair. Le vent ne soufflait pas et malgré le brouillard, il y avait une bonne visibilité. Un pâle soleil perçait difficilement la couche nuageuse, offrant des éclaircies occasionnelles qui réchauffaient un peu.

— Ça fonctionne avec les autres ? questionna Edward d'un ton malicieux.

— À merveille.

Un peu trop bien au goût de Matthew, preuve s'il en fallait une que sur l'île, on ne se préoccupait de quiconque. Chacun avait fait de la démence de Nora une habitude, de l'isolement de Léonie une normalité et de la crainte inavouée, voire inavouable de l'isthme, une fatalité. On ne cherchait pas à évoluer vers son prochain, à lui tendre la main, à le comprendre. Par exemple, James élevait seul Johanna dans une atmosphère pénible qui, si les villageois s'en souciaient, pèserait peut-être moins lourd. Ils composaient une communauté, sauf que les actes ne se faisaient pas en ce sens. Un élément venait chambouler des décennies de routine ? On ignorait la personne qui en était à l'origine comme si, du jour au lendemain, elle n'existait plus que dans les racontars. Quelqu'un mourait ou disparaissait du côté de l'isthme ? On évitait d'en parler pour ne pas attirer les regards réprobateurs du voisinage. Pire, pour éviter de devenir un sujet de controverse, un pur objet d'une quelconque déraison.

— On décharge et on rentre ? proposa Edward avec une compréhension bienvenue.

Matthew n'avait plus aucune envie de s'attarder. La chaleur que lui offrait l'hôtel avait changé depuis l'arrivée de l'instituteur. En mieux.

Les deux hommes empruntèrent un sentier avoisinant qui permettait de gagner la côte en un rien de temps. Ils marchèrent en silence, d'un pas régulier, mais dépourvu d'énergie. S'il ne souhaitait pas lambiner, Matthew ne désirait pas plus s'occuper du déchargement. Il avait la tête ailleurs, loin, quelque part à

Londres, dans un quartier populaire que la guerre épargnait encore. Un peu dans les souvenirs flous d'Edward, aussi.

— Ne devrait-il pas ralentir ? demanda son hôte tout à trac.

— Qui donc ?

Matthew releva alors la vitesse anormale à laquelle le bateau abordait l'ancien port de Taily Fair. À cette allure, il ne l'accosterait pas, mais s'y échouerait.

— Allons voir ! s'exclama-t-il en agrandissant les foulées.

Edward le talonna.

Il y eut un fracas que l'on dut entendre jusqu'au village. Le bâtiment s'écrasa sur les rochers et d'en bas, l'hôtelier et son convive firent état d'une déchirure dans la coque.

— Est-ce que tout va bien ? cria Matthew à l'intention des passagers.

Pas de réponse.

De rares personnes, sur le ponton, observaient la scène dans un courant continu de murmures. Matthew se retint de leur ordonner de se taire. Le demi-silence, avec le bruit des vagues en toile de fond, l'aurait angoissé plus encore. Les paires d'yeux orientées dans sa direction, associées aux propos incompréhensibles, lui pesaient. Enveloppés de châles et d'écharpes mal posés sur leurs épaules, les habitants continuaient d'échanger regards et conversations dans une presque indifférence déroutante. Nul n'oserait-il se porter volontaire pour inspecter la carcasse ? C'était donc à celui qui affirmerait sa lâcheté et se conforterait dans l'inertie. Aussi, au lieu d'un mouvement de panique, Matthew assista, impuissant à la distance et à la force de l'habitude.

— Combien sont-ils à bord ? se renseigna Edward en essayant de voir sur le pont.

Le *Tristan* – comme son nom en peinture blanche et cursive l'indiquait – s'avérait trop haut pour qu'il y parvînt.

— Quelques-uns, ça change tout le temps.

Matthew arborait un air absent. Il pouvait s'agir de n'importe quoi : nul ne l'avait entendu ou l'équipage tâchait de déterminer l'étendue des dégâts. En réalité, il essayait surtout de se rassurer. En temps normal, il entendait des ordres lancés, il y avait de l'agitation… Tout le monde ici savait que la situation n'avait rien de coutumière et c'était le plus inquiétant : ces quelques personnes plantées là, stoïques, qui attendaient.

— Montons, proposa Edward en ouvrant la marche.

— Non !

L'hôtelier ne réalisa pas aussitôt le ton autoritaire et menaçant qu'il employa. Gêné d'agripper l'instituteur par la manche de son manteau, il la relâcha.

— On ignore ce qu'il se passe, souligna-t-il. Une épidémie est si vite arrivée. Prenons nos précautions.

— Allons trouver un médecin.

— Une carabine. Ainsi que son propriétaire, si possible.

Edward haussa un sourcil interrogateur.

— Contre une épidémie ?

— Notre médecin est une vieille pie que je n'ai pas envie de déranger. La carabine pourrait au moins assurer nos arrières au cas où…

Matthew suspendit sa phrase.

— Au cas où il s'agirait d'autre chose ?

— Voilà. Autre chose, répondit-il. James nous aidera.

7.

Premièrement, Edward n'appréciait pas James Nesbitt. Il se comportait de manière infecte, à critiquer ceux qui l'entouraient, à commencer par Ed. Deuxièmement, la vue d'une arme insupportait le trentenaire à peu près autant que celle d'une bouteille d'alcool, même vide, car elle rappelait à lui une tentation qu'il s'efforçait d'enfouir. Troisièmement, la combinaison d'une carabine entre les mains d'un alcoolique ne lui faisait guère vive impression. Une ombre au détour d'une cabine, une veste traînant sur le pont et une balle perdue ! Pour se faire tirer dessus, Edward préférait éviter de monter à bord, mais Matthew n'eut même pas à insister tant la curiosité grandissait à chaque battement de cœur. Il était bientôt prêt à passer devant, sauf que James et son fusil étaient censés veiller à leur sécurité et honnêtement, les ressacs bruyants sur la coque, prêts à déstabiliser le *Tristan* réfrénait son enthousiasme.

Le photographe grimpa par une échelle qui remplaçait la passerelle, son arme brimbalant sur l'épaule. Il enjamba le bastingage avec une souplesse qu'Edward ne lui aurait pas deviné, disparut brièvement pour inspecter les lieux, puis fit signe aux autres de le rejoindre. Matthew s'apprêtait à emprunter l'échelle quand Ed lui coupa l'herbe sous le pied. L'ensemble de la structure grinça.

Une fois sur le pont, il constata qu'aucun danger apparent ne les menaçait. Matthew ne tarda pas à les retrouver.

— Qu'est-ce qu'on fait ? interrogea James, carabine tendue à bout de bras. On appelle quelqu'un ?

— On fouille en silence, suggéra Ed.

L'hôtelier le considéra avec une stupeur.

— Au cas où… vous savez ? fit l'instituteur discrètement.

Matthew acquiesça.

— On ne se quitte pas d'une semelle, allégua-t-il. James, passez devant, on vous suit.

Edward et son hôte échangèrent un regard tendu, puis emboîtèrent le pas au photographe. Le cerveau d'Ed bouillonnait d'idées insensées, de suggestions grotesques et d'hypothèses invraisemblables. Il imagina tour à tour un bateau hanté, une mauvaise blague destinée à adoucir les caractères rudes du coin… Possible que l'équipage vérifiait l'état de la coque intérieure. Un coup d'œil dans les cales et le trio s'apercevrait d'une accumulation inutile de stress. Chacun en rirait, puis on déchargerait enfin. Difficile de croire que les faits se dérouleraient de la sorte. Edward n'était pas idiot et les hésitations des deux autres, combinées aux siennes, le forçaient à raisonner autrement : chacun repoussait l'évidence. Par ailleurs, il n'était pas aisé d'ignorer les mille et un récits faisant état de navires-fantômes, de malédictions ou d'équipages maudits.

Une part d'Edward, réticente, lui criait à chaque mètre parcouru de ficher le camp. L'instinct de survie ? En possédait-il un ? Il n'envisageait pas de le découvrir, mais peut-être qu'à bord du *Tristan*, un évènement inattendu le contraindrait à peser le pour et le contre dans de nouvelles circonstances. En dépit de sa curiosité, il rêvait de se débiner et d'entraîner Matthew avec lui, de peur que quoi que renfermât ce bateau, ça le suive jusqu'à l'hôtel.

— Je ne suis pas sûr de ce que nous faisons, confia Matthew, alors que James marchait dix pas devant. On aurait pu prévenir d'autres villageois et…

119

— Ils sont déjà sur place pour la plupart. Y en a-t-il un pour nous aider ? Je ne crois pas. Et moins ils en verront, mieux on se portera tous.

Edward grimaça.

— Vous ne croyez pas que cette île contient déjà son lot de désaxés, de paranoïaques ou de que sais-je encore ?

— Moins fort, le pria Matthew en agitant la main.

Il vérifia que James ne les écoutait pas et reprit.

— Bien sûr que je le pense, mais on ignore ce qui pourrait arriver ici. Ça m'effraie. Je déteste ne pas savoir.

— Comme ça, nous sommes deux. Avançons.

En réalité, il n'y eut pas à aller bien loin avant qu'ils se trouvassent confrontés à une curiosité. Sur le pont avant, un petit monticule de plumes jouxtait la cabine. Étirées, aux couleurs chaudes, elles composaient un mélange singulier de rouge, d'orangé, de jaune, d'ocre… Une légère odeur piquante s'en dégageait. Edward éternua et en se mouchant, il nota l'immobilité de James. Voûté, le photographe fixait la butte duveteuse en s'attendant presque à ce qu'une forme inconnue s'en extirpât ou à ce qu'une main jaillît brusquement pour lui saisir la cheville. À penser de la sorte, Edward ne se rassurait pas. En effet, un rat pouvait s'être niché dans ces plumes, mais rien de si extravagant que ce qu'il avait osé imaginer. Il avait sans doute plus à craindre des habitants de Taily Fair et de leurs idées reçues que de ce tas. Un bon coup de vent et il disparaîtrait pour toujours.

— Ça entre dans la catégorie « autre chose », à votre avis ? glissa Ed avec discrétion.

Matthew se pencha sur la question et sur le monceau de taille dérisoire.

— Moui, en conclut-il.

— Dans ce cas, partons d'ici.

— Attendez une minute. Vous me paraissez bien pressé, alors que l'équipage du *Tristan* a disparu.

Une pointe de gêne empourpra les joues d'Edward. Il se tritura les doigts, honteux de sa décision.

— Je n'ai aucune envie de m'attarder sur ce bateau. On n'a croisé personne, pas un blessé, et on n'entend aucun ordre ni cri de panique. Vous venez de le dire, ces gens ont *disparu*. Comme Sally. Curieux, hein ?

— Je vois, capitula Matthew.

Il fit signe à James de rejoindre le rivage sans explorer davantage le bâtiment.

— Nous allons décharger, après quoi, celui qui le souhaitera pourra fouiller le *Tristan* de fond en comble si ça lui chante.

— Sauf que…, bafouilla James sans parvenir à bouger. N'importe quoi pourrait jaillir de ce tas de plumes.

— Ce ne sont que des…

— Elles sont bizarres.

Edward se retint de souligner que de son point de vue, tout était bizarre sur cette île, mais James pâtissait sensiblement de la présence de ce monticule. La nuque raide, le regard fuyant, il se dégageait de sa posture le souhait de filer en courant, mais un détail le retenait là. Les plumes exerçaient sur lui un effet hypnotique et intrigant. Il y avait peut-être aussi un excès de fascination ; Edward discernait mal ce qui préoccupait James à cet instant précis.

Le climat de tension qu'instaurait le *Tristan* ne plaisait pas à l'instituteur. La décision de Matthew face à Edward non plus. Qui était-il pour délibérer au nom des autres ? James semblait peu enclin à le suivre sur ce coup-là. Matthew choisissait d'agir comme si de rien n'était : mais les faits s'imposaient d'eux-mêmes : un équipage entier disparaissait et ça ne l'inquiétait pas plus que ça, lui qui le côtoyait depuis de si nombreuses années. Ou il feignait l'indifférence.

— J'en ai assez de reculer au moindre phénomène qui sort un tant soit peu de l'ordinaire, se justifia l'hôtelier, sous les regards insistants des deux autres. Les passagers vont sûrement remonter de la cale pendant que nous déchargerons.

— Ce sera sans moi, décréta James.

Il repassa sa carabine sur son épaule et emprunta de nouvelle l'échelle, pour quitter le bateau, cette fois.

— Et vous, Edward ?

Selon Ed, la balance penchait surtout en faveur de James et de son choix sensé. Opposer un refus catégorique s'avérait donc être la meilleure solution, mais s'il arrivait malheur à Matthew, il s'en mordrait les doigts jusqu'à la fin de ses jours.

— Vous y croyez, vous, à votre discours ? questionna-t-il.

— Dans un sens, oui, je n'en peux plus de me laisser dicter ma conduite par un isthme qui n'a rien demandé à personne. Ce n'est même pas vivant ! s'exclama Matthew en tendant le bras en direction de la Petite. Je veux dire : de quoi a-t-on peur *exactement* ?

— Des gens. Moi, j'ai peur des habitants.

— Parce que vous êtes nouveau, ici !

— Vous aussi, vous les craignez. Ne faites pas l'enfant et admettez-le.

Un silence flotta dans l'air, durant lequel les deux hommes se sondèrent du fond des yeux.

— Récupérons les vivres, nous aviserons ensuite, trancha Matthew sans revenir sur le sujet abordé par Edward.

8.

Matthew avait le cœur au bord de l'implosion, bien qu'il n'en montrât rien. James avait eu raison de quitter le *Tristan*. Brandir une carabine, prêt à ouvrir le feu, avec le risque de loger une balle dans le torse d'un innocent, Matthew ne souhaitait plus revivre ça. Il était bon tireur – restes de parties de chasse avec son père –, mais se refusait tout contact avec une arme.

Quand Edward parla de sa crainte des habitants, il avait préféré ne pas argumenter. Les occupants de Taily Fair étaient bourrus, méfiants et frôlaient l'inconvenance avec les étrangers. À croire qu'en présence d'un citadin, ils oubliaient leur savoir-vivre ! Il y avait parfois de bons moments sur l'île, durant lesquels les âmes charitables se manifestaient. On riait alors, faisant fi du passé et des drames survenus sur ce bout de caillou maudit. Tout le monde connaissait tout le monde, cette proximité favorisait l'entente. Edward n'avait cependant entraperçu que la partie visible de l'iceberg, la mauvaise. Il restait extérieur au noyau et à vue de nez, on ne voulait pas de lui. Matthew pensait qu'après un moment sur Taily Fair, on finirait par l'accepter, mais il y avait eu cette disparition et avec elle, tout espoir d'intégrer le groupe s'était envolé.

Les bras chargés de vivres, il ignora Edward ainsi que les questions qui brûlaient sans doute les lèvres de ce dernier. Par bonheur, ils n'avaient découvert ni sang ni traces de lutte.

Malheureusement, ils n'avaient pas aperçu l'ombre d'un membre d'équipage ni du capitaine non plus et l'envie de fouiller le *Tristan* de fond en comble démangeait Matthew malgré ses appréhensions.

Il débarquait pour la dernière fois quand il remarqua la présence de Nora, près du rivage. Assise sur l'un de ces énormes rochers qui jouxtait le bas des falaises, elle tripotait une plume. Encore. S'agissait-il de la même que le soir de la battue ou d'une autre ? Combien en possédait-elle des comme ça ? Matthew l'ignora, mais ce qui se passait sous son crâne depuis sa visite chez elle continuait de le remuer. Ses impressions à ce sujet devenaient lourdes à porter. Il souhaitait tellement confier ses angoisses à quelqu'un ! Il était persuadé qu'Edward écouterait, mais il ne pouvait pas le mêler à ceci. Tant que son hôte ne s'apercevrait de rien, tout irait bien de ce côté.

9.

Nora gardait un œil sur Matthew depuis de longues minutes, presque une demi-heure, croyait-elle. Son rocher était froid et inconfortable, mais les voix – toujours elles – lui avaient demandé de surveiller l'hôtelier. Non. Elles l'en avaient *enjointe*. Matthew ne les écoutait pas, avec ses grandes idées. Pire, il essayait de les répandre à Edward. Satané Edward Borrow ! Nora se maudissait de n'avoir pas réussi à le perdre sur l'isthme, l'autre nuit.

Elle avait parfaitement imité la voix de Matthew, arrondi l'« au » d'« au secours » de la même manière, peu insisté sur les consonnes comme il le faisait. Edward suivait les appels de la vieille fille et elle se félicitait un peu plus à chacun de ses pas. Elle s'était entraînée dur, pendant de nombreuses années, avant d'atteindre cette perfection dans l'imitation. Ça ronronnait au fond de sa gorge et elle ne devait pas permettre à la satisfaction de trop l'envahir, car celle-ci troublait son timbre. Le plus souvent, elle se réjouissait après, une fois la besogne accomplie. Elle n'aimait pas induire ainsi les gens en erreur, les entraîner vers une mort presque certaine, mais ils mettaient en péril les voix et Nora vivait avec elles depuis trop longtemps pour les repousser. Il lui arrivait, à l'occasion de les sommer de se taire, de vouloir leur échapper, de sombrer au désir du saut dans le vide, mais elle savait ce qu'il pouvait se passer si elle s'élançait ainsi dans les airs. L'inévitable, et elle ne le souhaitait à aucun prix, car cela signifierait qu'elle appartenait définitivement à leur communauté.

Edward troublait Matthew d'une façon à laquelle elle ne s'attendait pas. Les voix lui avaient parlé de profond attachement et elle le constatait de jour en jour. La disparition d'Edward aurait facilité la suite. En proie à un soudain découragement, Matthew aurait dû se réfugier auprès de quelqu'un et qui mieux qu'un murmure qui vous suit depuis l'enfance pour vous comprendre et vous réconforter ? Il aurait cédé. En une nuit, deux tout au plus. Après quoi, Nora aurait goûté une fois encore au soulagement du travail abattu, mais ces humains et leur générosité, leur entraide… ça écœurait l'autre partie d'elle-même, qui ressortait à la nuit tombée.

10.

James avait quitté le *Tristan* depuis un long moment déjà, mais revivait cette scène seconde après seconde. Celle où il posa le pied sur le pont désert et où un silence l'enveloppa à la manière d'une seconde peau. Cet instant où le souffle du vent, le fracas des vagues et sa propre respiration lui échappèrent totalement s'ajouta à ce qu'il avait éprouvé à la découverte du tas de plumes. Identique au monticule trouvé près de l'isthme au cours de la battue, il l'avait plongé dans un état de paralysie qui n'était pas passé inaperçu. Ils n'en avaient rien dit, mais avaient forcément noté la tension dans ses muscles, ainsi que ses gestes suspendus. Il appréciait leur attitude discrète, même celle d'Edward, qu'il voyait toujours d'un mauvais œil. Ce gars-là exerçait un curieux effet autour de lui, qui faisait qu'on ne l'estimait pas. James ne lui reprochait pas uniquement de venir de la ville, mais d'avoir été aussi bête pour se laisser emmener sur une île telle que Taily Fair. Si on avait donné le choix à James, il aurait fui très loin et très vite. Il aurait abandonné maison et petite sœur pour se dérober à ses responsabilités, pour s'esquiver avec toute la lâcheté qui le caractérisait. Il n'avait jamais bien compris les actes héroïques durant la guerre, ces personnes qui en sauvaient d'autres sans attendre de compliments sur leur bravoure. James se méfiait des individus qui ne demandaient rien à leur prochain.

Une fois chez lui, il rangea sa carabine dès qu'il se sentît capable de s'en séparer. Il hésita avant de ressortir, puis songea à tous ces instants manqués à cause de la peur, à ces récits rapportés par Johanna qu'il n'avait écoutés que d'une oreille, de crainte qu'ils amenassent le mauvais œil sur eux. Ça avait trop duré, les soirées passées à guetter d'un regard morne le bord de la route, à imaginer le pire et à noyer les souvenirs dans un verre d'alcool. Si Johanna respectait bien les règles de leur couvre-feu, tout irait bien. Leur famille avait assez donné en matière de malheur, le sort ne pouvait décemment pas s'acharner sur eux jusqu'à leur dernier soupir.

Il marcha donc d'un pas enjoué en direction de l'ancien village, là où se situaient les plumes, près du passage qui reliait la Grande à la Petite.

De rares arbres nus étiraient leurs branchages maigrelets vers les cieux. Malgré la vue sur le port agité, il émanait une sorte de sérénité de ces ruines. La mousse les grignotait, l'herbe en chatouillait les pierres usées par le vent et les années. D'autres avaient habité là, cultivé leurs potagers, échangé un baiser et vécu leurs premiers émois. Ces habitations appartenaient à des gens, qui aujourd'hui, avaient complètement tourné le dos à leur vie d'antan. Ils avaient quitté cet endroit pour des raisons mystérieuses et se complaisaient dans le mutisme. Qu'est-ce qui les empêchait de parler, de se remémorer des moments qui appartenaient à leur passé, qui avaient contribué à ce qu'ils étaient devenus ?

James en avait assez de toutes ces histoires. Des ragots circulaient dans les rues depuis toujours ; il avait grandi avec et ils l'insupportaient. L'ancien village dégageait une aura forte, puissante, une beauté naturelle qui l'émerveillaient. La tranquillité alentour, légère, le happait. Il se laissa bercer un instant par le flot des vagues, un peu plus loin en contrebas, puis inspira profondément.

11.

Amanda tassait des feuilles autour de ses rosiers quand apparut la silhouette de James au coin de la rue. Elle se leva, s'essuya rapidement les paumes sur son tablier et l'accueillit avec un sourire. Quand il lui saisit les mains et la regarda droit dans les yeux, elle se demanda ce qui le mettait dans un tel état. Elle s'attendit à une terrible nouvelle, mais la commissure des lèvres de James indiquait le contraire.

— Nous allons faire une série de photos, annonça-t-il, tout en joie. Vous serez mon modèle.

Amanda balbutia, prise au dépourvue et partagée entre la satisfaction et l'incompréhension. D'où provenait cet engouement ? Et cette décision subite ? Elle accepta, sans trop deviner dans quoi elle s'engageait. À vrai dire, elle n'osa pas contrarier James en refusant. Elle avait déjà agi comme une sotte en s'interposant entre lui et Matthew. Après tout, le cas d'Edward Borrow ne la concernait guère, elle, inconnue de la ville qui désirait juste se créer un nid douillet. James était capable des pires colères, cette prédisposition s'entrevoyait dans chaque tic de son visage, dans chaque geste anxieux.

— Pour le décor ? questionna-t-elle, à brûle-pourpoint.

— L'ancien village.

Elle entrouvrit les lèvres de surprise et ne put empêcher sa main de se plaquer contre sa bouche. Toutefois, elle ne sut quoi répondre. James éprouvait une peur immodérée pour cet endroit. Il répugnait tout le monde ici, en fait, et à force, Amanda avait fini par se faire une raison.

— C'est magnifique, là-bas ! s'exclama le photographe.

Amanda souhaitait abonder dans son sens, mais de tout ce qu'on lui racontait sur le passage étroit qui reliait la Grande à la Petite, sur la Petite elle-même et sur Léonie, qui habitait dans ces parages, elle devait bien admettre que les arguments lui manquaient. Elle trouva à James une lueur inhabituelle dans le regard. Un éclat de passion. Jamais elle ne l'avait vu dans cet état, à la fois exalté et insouciant. Car il fallait une certaine dose de détachement pour décider ainsi, du jour au lendemain, que l'on se rendrait en un lieu qui nous effraie par-dessous tout. Un détail avait évolué et Amanda n'arrivait pas à mettre le doigt dessus. James n'était plus le même ; un enthousiasme tout neuf l'animait à en devenir effrayant.

12.

Matthew se changeait les idées le temps d'une promenade. Le grand air lui ferait le plus grand bien et même s'il y avait, plus bas, le *Tristan* qui gisait, coque éventrée, pour lui rappeler les récentes péripéties, il ne se laisserait pas abattre. Pas comme ça. Pas encore.

Le vent chassait enfin la masse nuageuse qui surplombait Taily Fair depuis plusieurs jours et Matthew accueillait les rares rayons de soleil avec plaisir. L'automne était toujours une saison morne et peu chaleureuse, humainement parlant. Les habitants sortaient encore moins de chez eux, sauf pour aller au café, mais là-bas, les conversations tournaient vite au désastre à cause de la quantité d'alcool ingérée par chacun. Cet endroit ressemblait un peu au défouloir du village. On y venait pour boire un coup, pour discuter, et puis on enchaînait sur des éclats de voix et parfois de verre. Matthew, lui, restait sagement assis dans son coin, côté fenêtre et égarait souvent ses pensées en direction de la cabane de Léonie. Malgré sa vie de recluse et ce qui pouvait la tourmenter, elle cohabitait avec des bornés incapables de s'expliquer sans en arriver au mépris.

L'hôtelier avait la tête ailleurs depuis quelque temps. Déjà, sur le *Tristan*, quand Edward lui parlait, il ne rêvait que de partir loin sans se retourner, mais Taily Fair était sa maison. Elle le retenait.

Lors de son séjour prolongé à Londres, il avait souffert de l'éloignement. La mer lui manquait, la côte et ses vagues déchaînées aussi. La capitale britannique possédait un charme différent et Matthew avait préféré rentrer auprès des siens, ou plutôt de leurs tombes. Partir, d'accord, mais pour où ? Pour qui ? Errer sans but de ville en ville ne l'intéressait pas. Il avait tout, sur Taily Fair : un toit, des habitudes, des connaissances et en dépit de leur étrangeté occasionnelle, il ne saurait déprécier leur présence.

Une forme familière se dessina au loin, à l'autre bout des dunes. Allongée sur le ventre, elle guettait vers l'isthme et l'ancien village. Enveloppée dans son châle, ses cheveux roux qui tombaient en cascade sur ses épaules, Johanna Nesbitt était plongée dans ses pensées.

— Bonjour, lança-t-il.

Elle bondit aussitôt et s'accroupit sur la roche saupoudrée de sable avant de se lever en jetant un coup d'œil anxieux plus bas. Elle frottait les plis de sa robe quand Matthew comprit ce qu'il se tramait.

— Depuis quand épies-tu ton frère ?

— Ce n'est pas ce que vous croyez.

Ce qu'il croyait dépassait l'entendement, en effet. De curieuses idées traversaient l'esprit de la jeune fille pour qu'elle surveillât ainsi son aîné. Pour qu'elle le chaperonnât quasiment et à distance, assez pour que nul ne la repérât.

— Je m'inquiète beaucoup pour James, se justifia-t-elle. Surtout avec une carabine à la maison. Vous savez, il n'a pas souvent l'esprit clair, il parle seul pendant qu'il développe ses photographies.

Et après ? Matthew aussi parlait régulièrement seul en changeant ses draps ou en effectuant quelque tâche ménagère. Pour autant, il n'y avait pas à s'en tourmenter. Il était normal ou en tout cas compréhensible que quelqu'un discutât parfois tout seul. C'était là, aimait-il à penser, la meilleure des compagnies, la plus apte à nous comprendre.

— Il peut entrer dans des colères noires à cause de traînées blanches persistantes sur ses clichés, poursuivit Johanna.

Elle roula des yeux, un peu gênée par tant de confidences.

— Je ne voudrais pas qu'il cause du tort à quelqu'un, qu'il fasse du mal à Amanda, par exemple.

— T'en a-t-il déjà fait ? A-t-il déjà levé la main sur toi ?

Elle hocha non de la tête, mais Matthew hésitait quant à sa sincérité.

— Tu devrais cesser de l'espionner. Ne le provoque pas, d'accord ?

— Mais…

— Johanna. On n'a pas besoin de ça, ici. Nous sommes tous à cran depuis la disparition de Sally et ton frère a eu des agissements susceptibles de se retourner contre lui, si la situation s'envenimait.

Johanna leva vers Matthew un regard furieux.

— Je n'ai que faire de votre petit protégé. James a raison sur son compte : il est nouveau et comme par hasard, Sally se volatilise. Ne me dites pas que vous ne vous posez aucune question depuis que c'est arrivé. Le protégez-vous, Mr Shern ?

Qu'elle détournât la conversation, c'en était trop. Matthew pivota sur ses talons et tâcha de se contenir. Vociférer sur une gosse ne réglerait aucun problème, surtout pas ceux d'Edward, dont nul n'oublierait qu'il le logeait à titre gracieux. D'un autre côté, se taire en attendant que ça se tassât ne changerait pas la donne non plus. Il y avait une équivoque manifeste dans son obstination au silence.

Matthew se tourna vers Johanna et brandit sous son nez un index évocateur.

— Je te suggère de ne pas te mêler des affaires des adultes, jeune fille. Il y a des gens, dans ce village, qu'un rien pousse à colporter des commérages, à nourrir la rumeur, à mentir ou à envoyer des courriers anonymes.

Le ton de l'hôtelier monta à mesure qu'il vidait son sac.

— Évite le monde de ces individus, Johanna ; il n'est pas pour toi. Il n'est pour personne, sauf ceux qui s'y complaisent, à la rigueur. Ôte-moi d'un doute : tu ne t'y complais pas, toi ?

Sur ces paroles pleines de bon sens, moralisatrices et quelque peu cassantes, Matthew reprit son chemin au milieu des dunes et son souhait de se vider la tête.

CHAPITRE V

1.

Matthew en était à sa troisième liqueur, et déjà, il voyait des papillons danser devant lui. Il abattit son minuscule verre sur le comptoir avant d'en réclamer un autre. Le patron le considéra avec étonnement, puis le servit. Matthew n'avait pas pour coutume de boire jusqu'à plus soif, jusqu'à avoir l'esprit suffisamment embrouillé pour oublier ses soucis et déceptions le temps d'une cuite. Ici, la disparition de deux fillettes, puisqu'Emily Letterford s'était volatilisée à son tour. Il aimait garder le contrôle sur lui-même. Sur tout, mais la menace que laissèrent planer les Letterford sur Edward lui disconvint au plus haut point. Aussi, quand Mr Letterford entreprit de lui coller la raclée du siècle, Matthew répliqua avec des armes identiques, contrairement à son habitude. Un œil au beurre noir et une jambe douloureuse plus tard, il bouscula celui qui l'avait provoqué, avec dans les yeux, cet air de défi propre aux gens qui n'ont plus rien à perdre.

2.

Amanda n'avait pas attendu que la nuit tombât pour se rendre chez Abigail. Pauvre, pauvre Abigail dont le destin rendait la vie insupportable. Il fallait avoir des nerfs d'acier pour ne pas craquer et l'annonce de la disparition de la petite Emily devait remuer le couteau dans la plaie.

Quand la porte de la maison tourna sur ses gonds, elle agita une boîte de thé sous le nez de la veuve.

— Ne fuyez pas le monde, tenta-t-elle de la convaincre. J'ai essayé, ça ne fonctionne pas.

Les yeux d'Abigail virèrent au gris chagrin, avant qu'une lumière fugace y apparaisse.

— C'est comme ça que vous avez échoué ici ? demanda-t-elle en prenant une bouffée de cigarette. Comme le *Tristan…*

Elle la recracha à côté de la jeune femme.

— Avouez qu'il est en plus piteux état que moi, souligna la visiteuse.

— Comptez-vous discuter sur le seuil par ce temps de merde ? Entrez.

Amanda passa dans un couloir chargé de photographies. Elle se crut un peu dans l'un de ces musées de la guerre, avec plein de clichés en noir et blanc, des sourires, des poses amusées ou insouciantes, sauf qu'elle ne vit rien de tout ça sur ces souvenirs. Des trous maladroits remplaçaient les visages et les fossettes aux joues. Le reste, de la tablette où reposait un trousseau de clefs, jusqu'aux cadres, prenait la poussière.

Amanda suivit le filet de fumée pour rejoindre Abigail au salon.

— Il faudrait que quelqu'un se rende sur le continent pour le prochain ravitaillement, remarqua-t-elle avec justesse.

Rien que d'y songer, Amanda avait l'estomac dans les talons.

— Matthew s'en chargera, supposa-t-elle à voix haute. Faites comme chez vous.

— Pensez-vous qu'on puisse lui faire confiance ?

Son hôte s'apprêtait à s'asseoir sur l'un des fauteuils quand elle bondit devant elle.

— Pas celui-ci, non ! clama-t-elle, sa cigarette au bord des lèvres. Sally…

Nerveuse, elle tira une nouvelle bouffée.

— Sally a l'habitude de s'installer là. Je vais vous chercher une chaise.

Amanda souffla un grand coup dès que la mère quitta la pièce. Elle hésita à aborder le sujet pour lequel elle venait. Très sincèrement, Abigail n'était pas prête. Ni à l'aborder ni à voir des gens. Amanda comprenait. Maintenant qu'une autre fillette avait disparu, le doute n'était plus permis : un habitant de Taily Fair avait enlevé Sally. Abigail semblait croire Matthew mêlé à ces affaires, à en juger par sa question sur la confiance. Un point qui démontrait sa prudence quant à ce qu'il se racontait au village.

— Voulez-vous prendre de mes nouvelles ? lança Abigail depuis la cuisine.

Elle réapparut à l'encadrement qui menait à côté.

— Qu'en dites-vous ?

Amanda bégaya.

— Est-ce que je vous donne l'impression d'être assez éplorée ? Mrs Letterford s'en tire-t-elle mieux que moi ?

Abigail raidit les doigts autour du dossier de sa chaise, la souleva et la frappa sur le sol. Amanda sursauta.

— Je n'ai aucune arrière-pensée, se justifia-t-elle. Et je n'ai pas rendu visite à Mrs Letterford, je…

— Allez donc remuer ciel et terre pour retrouver ma petite fille ! Ramenez-moi Sally, ramenez-la-moi !

Amanda glapit et se mit à reculer vers l'entrée. Atteindre la porte était sa priorité. Atteindre la porte, fuir. Elle remonta le couloir en marche arrière, le regard d'Abigail pesant sur elle. Aux yeux de la malheureuse, le monde entier devait se reprocher la disparition de Sally et pleurer avec elle.

Dos contre le battant, Amanda tâtonna à la recherche de la poignée. Pas question de quitter la propriétaire des yeux. Sa paume rencontra enfin le bouton, elle serra les doigts autour. Son cœur n'en pouvait plus de battre la chamade, ses jambes de flageoler. Abigail l'observait toujours sans bouger.

Amanda entrouvrit la porte, qui se bloqua. Les traits déformés par la rage, la mère se rua vers elle. Le pied. La chaussure d'Amanda l'empêchait d'ouvrir entièrement. Elle le décala, fit volte-face et se précipita dehors sans se retourner. Ses semelles crissèrent sur le gravier, puis elle gagna la route déserte. Elle courut vers l'isthme, sans compter les minutes, sans réfléchir, et finit par s'arrêter au retour, assaillie par des nausées et des branches maigrelettes penchées sur sa tête.

Elle essaya d'appeler à l'aide. Sa voix chevrotante et sa gorge nouée l'en empêchèrent. Elle n'était pas perdue, le village se situait à quelques mètres, mais ses forces diminuaient. Une douleur tiraillait son ventre. La jeune femme le comprima pour l'atténuer. Elle calma ainsi sa respiration, puis envisagea de reprendre la route. Un pas après l'autre. Rentrer à la maison, s'y blottir et ne parler à personne de sa visite chez Abigail, au risque d'attirer les rumeurs des habitants.

3.

Un peu plus tard dans la soirée, Matthew boita jusqu'à l'hôtel, tournant une dernière fois le dos aux cris émanant des falaises. C'était de la folie de s'aventurer là-bas par ce temps, même pour retrouver une fillette, mais Mr Letterford savait convaincre.

Matthew souhaitait empêcher les autres de se lancer dans des recherches, mais personne ne l'avait écouté. Mr Letterford avait raison, il fallait reprendre les battues et les habitants avaient attendu un nouveau drame pour s'y employer. Ils avaient eu tort. Tous, mais la tempête couvait depuis plusieurs jours et l'île n'y échapperait pas. Le ciel était bas, le vent capricieux agitait les branchages, les faisant ployer ou danser selon sa force, geindre et craquer.

Matthew tenait à la vie, alors il n'y avait pas trente-six solutions : il préférait rentrer, loin de ces gens toxiques et obstinés. Edward devait guetter son retour dans l'entrée, occupé de cinquante idées, opinions et théories. Il ruminait pas mal depuis le début des phénomènes et le naufrage du *Tristan* n'arrangeait rien dans sa petite tête remuée. Matthew devait le ramener sur le continent dès que la mer le permettrait. Peut-être qu'il en profiterait aussi pour informer les gardes-côtes de la disparition de l'équipage du *Tristan* et demander un nouveau ravitaillement. Quoiqu'amener les garde-côtes sur Taily Fair frôlait la stupidité à cause des deux fillettes. Pas question de les laisser fourrer leur nez dans les affaires de l'île ! Matthew en avait bien assez avec les habitants à supporter.

À mi-chemin entre le bar et son établissement, il se demanda s'il n'y retournerait pas une fois pour vérifier qu'il n'avait rien laissé échapper. Peut-être le lendemain matin...

4.

Le plancher grinça dans la cuisine, alors qu'Edward buvait un café, installé dans le fauteuil de l'entrée, à guetter le vent. Il aurait aimé laisser la fenêtre ouverte pour évacuer l'odeur infâme qui empestait dans la pièce, à mi-chemin entre celle d'un rat crevé et celle, moins déterminée, du poivre. Enfin, une *sorte* de poivre. Elle piquait, chatouillait les narines et la gorge.

L'après-midi touchait à sa fin, comme en témoignait l'opacité nocturne qui tombait peu à peu sur l'île. Les arbres, nimbés de bleu, et la route qui menait de l'hôtel à l'école s'apparentaient de plus en plus à un trou noir. Bientôt, les maisons se fondraient dans le décor obscur et le brouillard monterait.

L'espace d'une minute, Edward se rasséréna en se persuadant qu'il était normal que le plancher grinçât de temps à autre, que toutes les vieilles bâtisses protestaient ainsi, murs, charpente et mobilier inclus. Sauf que la dernière fois où il avait craqué de la sorte, on avait fouillé la chambre de l'instituteur de fond en comble. Il se reprocha d'y penser en cet instant où Matthew ne se trouvait pas là pour passer devant afin de vérifier. Seul, il ne ferait pas le poids contre... Contre qui, d'abord ? Ou quoi ? Car l'hypothèse qu'il s'agît de quelque chose plutôt que de quelqu'un n'était pas à exclure. Sur le *Tristan*, Matthew avait lui-même évoqué cette possibilité et en effet, bien que cela tînt davantage du délire, Ed lui concédait une certaine cohérence.

— Si c'est une plaisanterie, lança Edward en se levant, elle ne m'amuse pas.

Il resta à peu près stoïque, attendit qu'on lui répondît, mais seul l'écho de sa propre peur résonnait dans sa tête. La porte s'ouvrit à la volée sur Matthew, qui se massait l'œil en grimaçant.

— Qu'est-ce que…, s'interrompit Ed en faisant volte-face.

— Qu'est-ce que quoi ?

— Il y avait…

— Je n'ai vu personne en arrivant, rétorqua Matthew, irrité.

Pour satisfaire la curiosité de son hôte, il se rendit dans la pièce indiquée, vérifia et revint.

— C'est ce que je disais : rien à part des restes d'oiseaux crevés dans les buissons. Je doute que ce soit eux qui vous aient dérangés. Vous devriez éviter de laisser la fenêtre ouverte si vous craignez tant une intrusion.

— Je ne l'ai pas ouverte.

— Le vent s'en sera chargé, ça arrive quelquefois.

Edward confirma d'un signe de tête, perturbé par l'attitude leste de Matthew.

— Vous avez reçu un sale coup ? hasarda-t-il en faisant le lien entre la claudication, la mauvaise humeur et l'œil que l'hôtelier frottait.

Il avança, le bras tendu, puis effleura la pommette de Matthew, dont le souffle s'accentua. Ce contact se révéla semblable à une décharge électrique dans la main d'Edward, qui mesura alors l'étendue de son geste.

— Je dois vous parler, l'informa Matthew en changeant brusquement de sujet.

Il fronça les sourcils.

140

— Ça ne va pas ? s'enquit-il enfin.

— Je...

Edward ne trouvait pas les mots. Interdit, il resta planté là, dans l'entrée.

— Edward ?

Son hôte voulut approcher ; Ed le repoussa sans conviction. Il devenait fou. Voilà. Il inventait des détails qui n'existaient pas, sans doute pour essayer de reporter son stress ailleurs.

— Edward, parlez-moi. Vous me faites peur.

La voix de Matthew, désormais emplie de compassion, rappela Ed dans cette réalité qu'il fuyait.

— Eh, murmura-t-il en lui prenant la main.

Edward le laissa faire, incapable de protester ou de refuser le soutien qu'il lui apportait. D'autre part, il ne pouvait pas rester fermé comme une huître. Ce n'aurait pas été leur rendre service.

— C'est bien, l'encouragea Matthew. Je vous tiens compagnie.

— Vous aviez sans doute à faire.

— Les feuilles mortes ne s'envoleront pas. Enfin, ça m'arrangerait que le vent les pousse chez le voisin, pour m'éviter de les ramasser.

Il lâcha un petit rire supposé détendre l'atmosphère. Edward se laissa prendre au jeu.

— Vous deviez me parler, rappela-t-il tandis qu'ils rejoignaient le salon.

Ils s'installèrent sur le sofa qui jouxtait l'entrée de la pièce. Matthew pivota alors un peu dans la direction d'Edward et le fixa. Un mauvais pressentiment gagna Ed. L'hôtelier s'apprêtait à lui annoncer ce qu'il refuserait d'entendre ou qui le plongerait un peu plus dans la tourmente. Il se tendit.

— Non, non, non, l'enjoignit Matthew. Vous ne savez même pas ce que je vais vous dire.

Ed avait donc visé juste.

— Faites vite, pria-t-il.

Matthew détourna un instant la tête, chercha ses mots, puis parla au bout d'une attente qui parut interminable. Une autre fillette était introuvable depuis le petit matin : Emily Letterford. Encore une de ses élèves.

5.

— Ça commence à bien faire ! pesta Edward en montant l'escalier. Des cris dans la nuit, des plumes, des disparitions d'enfants... Mes élèves, merde !

Matthew posa la main sur le bras d'Ed pour l'apaiser, mais ne récolta qu'un regard furibond et un sourire odieux.

— Je veux rejoindre le continent au plus vite.

— Personne ne vous pense véritablement coupable.

— C'est une blague ? Parce qu'elle est douteuse. Bien sûr que tout le monde me pense responsable ! J'étais l'instituteur de ces fillettes. Un coupable idéal !

— N'importe qui pourrait avoir causé leur disparition, alors ne vous focalisez pas là-dessus.

— J'aimerais vous y voir. Franchement...

Matthew soupira. Ses épaules s'affaissèrent. Il comprenait la réaction d'Edward, mais en avait assez d'accumuler des reproches à peine formulés. Car Ed en avait bien après lui, il le visait dans ses remarques et chaque fois que l'hôtelier essayait de le rassurer ou de le raisonner, la conversation virait à l'explosion de colère.

Qu'Edward ait arrêté l'alcool n'aidait sans doute pas et engendrait un comportement disproportionné.

— Vous m'y voyez, lâcha Matthew avec lassitude. Que croyez-vous ? Je vous regarde vous empêtrer dans un joyeux foutoir. Ça m'ennuie autant que vous.

— Bon samaritain ?

— Je n'aime pas quand les autres se débattent dans leurs propres doutes.

— Ben voyons, maugréa Edward en plaquant les paumes sur le torse de Matthew.

Il le poussa sans la moindre force, juste avec un insupportable dédain. Le pied de Matthew dérapa sur la moquette usée. Son corps bascula dans le vide. Edward tendit la main pour le rattraper. Trop tard : l'hôtelier roulait déjà vers le bas des marches.

Il ne bougeait plus. Tétanisé, Ed attendit un instant. Lorsqu'il réalisa enfin son geste, il se précipita auprès de Matthew, le visage enfoui sous ses bras, et le fit rouler sur le dos. Ses paupières frémirent d'abord, puis il les ouvrit tout à fait.

— Ne me regardez pas avec cet air de chien battu et aidez-moi à me relever.

Edward glissa les doigts dans les cheveux de Matthew pour vérifier l'absence de saignement et s'exécuta sans prononcer un mot. Il était confus, déstabilisé et malheureux de s'être ainsi laissé guider par la nervosité.

— Dès que la tempête cessera, je regagnerai le continent, promit-il, alors que Matthew se massait la nuque.

Il tourna les talons sans plus de cérémonie, prêt à rejoindre le premier étage et sa chambre au silence confortable. Une pression autour de son poignet l'immobilisa. Il sentit le rouge lui monter aux joues à ce contact. Quand il pivota en direction de Matthew, il toussota pour dissimuler sa gêne.

— Je ne vous en veux pas, lui certifia Matthew en souriant.

Son visage s'illumina en une seconde.

— Je...

— Vous n'êtes pas méchant, Edward. Peu importe ce que pensent les autres à votre sujet.

— J'aurais pu réellement enlever ces fillettes, les enfermer quelque part ou pire...

— Vous êtes abîmé, pas déséquilibré.

Edward se sentit soudain misérable. Matthew venait d'employer des termes réalistes, adaptés, mais si douloureux. Il avait mis des mots sur ce qu'il éprouvait.

Épuisé, effrayé par ce qui l'attendait et soucieux, il se rendit à peine compte de ses jambes qui se dérobèrent. Deux mains pas spécialement puissantes, mais solides le rattrapèrent. Matthew le serra contre lui avant de déposer un baiser dans ses cheveux. Ed se tendit. L'hôtelier le repoussa, l'air catastrophé.

— Je ne voulais pas !

Edward répondit à son geste et plaqua les lèvres sur celles de Matthew, réticent d'abord, puis plus décontracté. Ed nota qu'il l'enlaça très vite avec un mélange de retenue et d'impatience.

Cette intimité naissante le rasséréna davantage que n'importe quel mot au monde. Il était juste bien, là, immobile. Il s'arracha doucement au cocon que Matthew avait installé autour d'eux, conscient qu'il fallait redescendre de son petit nuage.

— Non, finit-il par dire.

Son hôte fronça les sourcils.

— Non, quoi ?

Edward le regarda dans le fond des yeux en se jurant de se montrer honnête. De là à ne pas énerver ou paraître égoïste, il y avait un gouffre, par contre.

— Pour vivre mieux, vivons cachés... Eh bien, non.

Matthew baissa la tête, apparemment déçu.

— Je comprends.

Et c'était tout ? Il comprenait, voilà, bonne nuit et à demain ?

— Je ne peux pas vous y contraindre, ajouta-t-il.

Ah, tout de même ! Curieusement, cette remarque n'apaisa pas la colère qui germait en Edward sous forme de nœuds dans l'estomac. À quoi s'attendait-il, enfin ? À de la compassion ? Pour quelle raison, d'abord ? Matthew devait avoir l'habitude de certaines réactions, il ne s'apitoierait pas sur les doutes d'un pauvre citadin qui ne savait pas ce qu'il voulait. Penaud, Edward se retira dans un silence absolu, abandonnant Matthew au milieu de la pièce, les bras ballants. Derrière lui, seule la respiration précipitée de ce dernier résonnait. Le reste n'avait qu'une importance relative et Ed n'y prêtait guère attention.

6.

Un bruit sourd arracha Edward à son demi-sommeil. Il tendit l'oreille, assuré d'en percevoir un autre. Rien. Il aurait pensé à un mauvais rêve si une toux n'avait pas suivi. Matthew ! Ed repoussa ses draps et se précipita dans le couloir. Il tapa plusieurs coups à la porte voisine. Seule une nouvelle quinte lui parvint. Il entra en trombe, le cœur au galop et les jambes tremblantes.

Matthew gisait au milieu de la pièce, maladroitement enroulé dans sa couverture. Il venait visiblement de tomber du lit, ce qui correspondait au cognement qui avait réveillé Edward. Celui-ci se précipita vers son hôte. Une violente quinte de toux ébranla l'hôtelier, dont le visage s'empourprait. Il commençait à s'étouffer. Avec gaucherie, Ed l'aida à s'asseoir contre la table de chevet et y alla à grands coups dans le dos pour l'aider à se débarrasser de sa gêne. Des larmes roulaient sur les joues de Matthew. Sa poitrine se gonflait et se gonflait encore.

Il finit par s'enfoncer deux doigts dans la bouche. Edward en déduisit qu'il essayait d'extirper ce qui obstruait sa gorge. La main de Matthew se crispa. Il rentra la langue et tendit la tête sous le regard affolé et impuissant de son hôte. Des spasmes le parcoururent et quand, enfin, il exhiba presque fièrement ce qui l'empêchait de respirer, il manqua s'évanouir dans les bras d'Edward.

— Une plume ? s'exclama celui-ci.

— Saleté.

— Vous... Vous ne l'avez pas crachée, c'est comme si elle était remontée dans votre gorge.

Matthew se redressa, échappant à l'étreinte que lui offrait Ed.

— On pourrait ne pas en parler ?

— On pourrait cesser de tourner autour du pot ?

Les deux hommes échangèrent un regard lourd de sens avant d'abandonner toute perspective de conversation. Finalement, Ed se demandait s'il souhaitait vraiment en discuter. La plume évacuée par Matthew ressemblait comme deux gouttes d'eau à celles entassées sur le pont du *Tristan*. Il existait donc un lien avec l'incident du bateau et Matthew, un rapport qu'Edward préférait ne pas découvrir.

— Sept heures, lut Matthew sur son réveil. Je vais me dégourdir les jambes.

7.

Le *Tristan* avait plus triste mine que la veille. La surprise dissipée, Matthew lui trouva des airs de sirène échouée et avec lui, tout contact avec le continent était rompu. Les chargés du ravitaillement s'alarmeraient bien assez tôt, l'hôtelier gardait confiance, mais les habitants devaient nourrir leurs craintes à grands coups de paranoïa. Depuis l'arrivée d'Edward, tout allait de travers. En réalité, non, mais il était plus facile de faire comme si, de s'inventer une sorte d'issue de secours. Les phénomènes duraient depuis plus longtemps que la présence d'Edward. Taily Fair les abritait depuis avant même la naissance de Matthew. L'isthme hantait les villageois, les vents cernaient l'île, les falaises tutoyaient le ciel depuis toujours. Elle était figée.

Les ressacs sur la coque du *Tristan* laissaient échapper comme des gémissements. Matthew ne craignait plus d'y monter. Il en avait effectué une fois le tour, pourquoi pas deux ? Et honnêtement, il n'y avait rien à bord. D'un autre côté, c'était bien là le problème. L'équipage avait disparu entre l'Angleterre et Taily Fair. Les canots demeuraient à leur place, le journal de bord n'indiquait rien de suspect et des cigarettes à peine consumées jonchaient sol ou cendrier. Matthew n'avait rien noté d'anormal. Aucune trace de bagarre ni de sang. À quel moment la situation avait-elle dérapé ? Où ?

Pas nécessairement très loin. La tempête naissante avait pu malmener le bateau jusqu'à ce qu'il s'échouât.

Matthew effectua un nouveau tour des lieux. Pensif, il vérifia la cabine, le gouvernail, fouilla la cale. Les passagers étaient forcément passés par-dessus bord. Pour cette seule raison, il aurait fallu rejoindre la terre ferme pour en informer les autorités, lancer des recherches, mais avec le temps de chien, inutile d'y penser.

8.

Huit heures et Matthew n'était toujours pas rentré. Sa balade s'éternisait ou alors, dans la tête d'Edward, le temps s'écoulait avec une lenteur affligeante. Il résista à l'appel du fauteuil dans l'entrée, à l'envie de se poser là et d'attendre, de rester acteur de chaque situation, mais il avait décidé de se battre contre la morosité ambiante. Il quitta l'hôtel et se plongea dans les derniers soubresauts de la nuit.

La météo n'était pas à la promenade. Le grain s'épaississait, le vent forcissait. Bientôt, il faudrait éviter de mettre le nez dehors et la mer deviendrait officiellement impraticable. Encore coincé sur cette satanée île pour un moment. Cette fois, Edward se fit une raison. Il espérait tout de même connaître le fin mot de l'histoire avant de repartir pour Londres. Pas l'ombre d'une piste ne se dessinait à propos des fillettes ; dans les livres, il y avait toujours un indice, mais ici, Ed nageait en plein brouillard et la tempête qui s'amenait semblait contre l'idée de retrouver les enfants.

Un peu plus tard dans la matinée, Edward attendait en haut du chemin qui menait dans les dunes de la Grande, qu'il fallait en partie traverser pour atteindre l'ancien village. Les mains au fond de ses poches de manteau, il observait Matthew, qui s'agitait devant une petite vieille toute décidée à conserver sa tranquillité. Le jeune homme mit une seconde ou deux avant de reconnaître ce qu'elle tenait : un fusil. Elle le pointait droit sur l'hôtelier. Sans attendre, Ed dévala le sentier en agitant les bras. Au moins, si l'inconnue était sourde, elle le verrait quand même.

— STOP !

Il acheva sa course devant la maison, un peu en retrait. L'arme toujours tenue en joue ne le rassurait pas. La vieille ne se démontait pas face à l'énergumène qu'il représentait sûrement pour elle. Elle haussa un sourcil suspicieux.

— Madame..., commença-t-il en posant les mains sur les épaules de son ami.

Ferme, sa poigne avait pour but de lui faire comprendre qu'il ne plaisantait pas.

— Matthew va repartir avec moi. Ne faites pas attention à lui, il vagabonde partout, en ce moment.

Les lèvres de la femme frémirent, mais aucun son n'en franchit le barrage. Elle ruminait.

— Je le ramène, ne vous inquiétez pas.

— Qu'est-ce qui vous garantit que je ne préfère pas lui loger une balle dans le corps ?

— Optez pour un bras, alors... que je puisse m'occuper de la plaie.

Offusqué, Matthew ouvrit la bouche pour protester. Edward devinait qu'il pensait son comportement puéril, sauf qu'il tentait en réalité d'endormir la vigilance de la vieille. Après tout, elle tenait le fusil et avait envie de s'en servir. Les paumes toujours sur les épaules de Matthew, Ed les pressa pour lui signifier d'engager le demi-tour.

— Foutez-moi le camp, grogna la propriétaire des lieux.

Les deux hommes décampèrent sans demander leur reste.

— Et ne remettez pas les pieds ici ou je vous les fais sauter ! ajouta-t-elle tandis qu'ils atteignaient le haut du sentier.

Encore dans la ligne de mire, ils allongèrent le pas et disparurent dans les dunes. Edward profita de la vue restreinte aux alentours pour coller son poing dans le visage de Matthew, qui vacilla avant de retrouver son équilibre. Il se massa la joue en interrogeant son compagnon du regard.

— Je n'aime pas quand on se fiche de moi, maugréa Ed. Vous m'avez dit que vous alliez vous promener !

— C'est le cas, et puis... j'ai vu la baraque. J'ai aussitôt pensé au fils de Léonie.

— Léonie, c'est la dame qui vient de vous recevoir ?

Matthew hocha la tête.

— Pourquoi m'avez-vous suivi, d'abord ? questionna-t-il.

Lui aussi pouvait reprocher certains actes à Edward, ce qu'il ne manquait d'ailleurs pas de faire présentement. Ed baissa le visage, pris comme un enfant avec la main dans le pot de confiture.

— J'ai voulu...

Il hésita.

— J'ai voulu m'assurer de… non, rien.

— C'est vague. Est-ce que vous me croyez mêlé aux disparitions, par hasard ?

Ce ton suspicieux irrita Edward au plus haut point ; il se maîtrisa cependant. Pas envie de s'embarquer dans une dispute qui mènerait à une migraine. Il dormait déjà assez mal comme ça. Entre les excursions nocturnes de Matthew et le stress qu'occasionnaient les autres, il relevait difficilement la pente.

— Non, bien sûr que non, tenta-t-il de se dédouaner. Seulement, vous habitez ici depuis toujours, alors je me suis dit que... vous saviez peut-être... des trucs que moi, j'ignore.

— Je n'ai rien à voir avec ces histoires, se braqua Matthew.

— Non ! Quelle idée !

— Alors, quoi ?

— On ne pourrait pas juste rentrer ? Je suis fatigué.

— C'est trop facile ! Vous m'accusez et ensuite...

— Je ne vous ai pas accusé, se défendit Edward. Je vous ai juste demandé des informations, je...

Sa voix trembla, il s'interrompit aussitôt. Matthew le regardait dans le fond des yeux, prêt à l'invectiver. Même lui s'y mettait ! Les épaules basses, Edward baissa le visage.

— Je craque, avoua-t-il à demi-voix.

— Pas maintenant !

Un rire mauvais échappa au jeune homme.

— Pourquoi pas ? Vous craignez de devoir me ramasser ?

— Ne soyez pas sarcastique.

— Je ne le suis pas quand je dis que je n'en peux plus, mais vous n'écoutez pas.

Matthew observa son hôte comme s'il le voyait pour la première fois.

— J'essaie bêtement de me protéger, expliqua-t-il.

— De moi ?

— Mais non. Vous savoir surmené et aussi abattu m'atteint plus que vous le croyez. Je n'ai pas envie que ça, ça vous touche. Vous avez déjà fort à faire entre les ragots, vos élèves... moi.

Ed se sentait surtout vulnérable. Moins quand Matthew ne se trouvait pas avec lui. Là, il encaissait et relevait la tête. En sa présence, par contre, il en profitait un peu pour se réfugier auprès de lui.

— On rentre ? demanda-t-il, plein d'espoir.

— Promettez-moi quand même de vous reposer. Vous avez une tête à faire peur.

9.

Léonie ne pensait pas Matthew Shern capable d'un tel acte : oser l'accuser presque sous son propre toit. Lui poser des questions ! Qu'espérait-il ? L'intimider ? Elle le regarda s'éloigner dans les dunes, puis claqua la porte dès qu'il disparut de son champ de vision, avant de déposer la carabine près de l'entrée.

Un coup dans le battant derrière elle la fit sursauter. Une main sur la poitrine, elle ferma les paupières jusqu'à ce que son pauvre cœur se calme. Son fils, dans la chambre verrouillée, lui, continuait de cogner avec ardeur.

Léonie traversa la pièce à vivre, qu'une lueur clairsemée auréolait. D'un mouvement peu naturel, elle posa la paume sur le bouton de porte, prête à glisser dans la serrure la petite clef qu'elle conservait toujours sur elle. Elle attendit. Attendit encore. D'abord, que le jeune homme cessât tout bruit, puis qu'elle se jugeât capable d'ouvrir. Même à la volée. Son fils pouvait bien alors lui bondir dessus, la renverser et quitter le domicile. Après tout, que changerait-elle à sa condition en le gardant enfermé ? Et si elle avait commis une erreur durant toutes ces années ?

Elle se tourna vers la table, sur laquelle trônaient de vieux livres lus et relus jusqu'à l'usure. Elle n'avait emporté aucun ouvrage de chez Matthew. Il ne restait que des débris de souvenirs dans son hôtel, rien qui put satisfaire son garçon, lui qui resterait à jamais son cher petit, avec cette fossette dans le menton quand il riait. Cela faisait bien longtemps qu'elle n'avait plus remarqué la moindre joie de vivre sur son visage fatigué. Quant au sien, entre les premières marques de l'âge et les cernes profonds sous les yeux, il n'avait plus lien avec celui d'autrefois. Elle était comme devenue une autre femme, une étrangère à sa propre personne.

Elle balaya la table d'un geste rageur ; les bouquins s'écrasèrent sur le sol, d'où s'éleva un nuage de poussière grise.

10.

James ne distingua pas tout de suite ce qui se trouvait à côté d'Amanda quand il récupéra la photographie après le séchage. Il dut quitter la chambre noire pour l'observer à la lumière du jour et ce qu'il vit l'immobilisa un instant.

Amanda, fraîche comme un matin d'été, souriait à demi, droite, et les mains sur les genoux. La position latérale de ses jambes, pliées sur le sable, n'était pas sans suggérer celles des pin-up. Ses boucles blondes et légères sous le vent, figées par l'appareil, retombaient sur ses épaules dénudées. Elle portait l'une de ces robes printanières, avec un ruban rouge qui ceignait la taille. La couleur ne passait pas sur le cliché, mais James possédait une excellente mémoire et se rappelait presque chacun de ses modèles. Amanda rayonnait, ce jour-là. Aimable, une lueur d'amusement pétillait dans ses yeux vert d'eau. Se prêter au jeu du modèle pour un photographe en mal de la profession lui plaisait apparemment.

Trouver un coin tranquille et joli ne fut pas difficile. Taily Fair regorgeait d'endroits fabuleux, intimistes et lumineux. Juste ce qu'il fallait à James pour mettre Amanda en valeur. Ils s'étaient rendus près de l'ancien village, de l'autre côté de l'isthme, là où la vieille Eloy détestait se promener. James ne comprenait pas pourquoi ; la Petite dégageait un charme fou. Elle semblait émerger à des miles de la Grande, empreinte de soupçons et de craintes à cause du corbeau. L'atmosphère y devenait malsaine et si James ne redoutait pas tant le continent et son évolution, il l'aurait déjà quittée depuis longtemps.

— Impossible, murmura-t-il en tenant la photo entre ses doigts pincés. Effet d'optique.

Il avait pourtant étudié le terrain avant de s'y poser. Il connaissait son métier, bon sang ! L'effet d'optique, il n'y croyait que très moyennement, tant parce qu'il exerçait depuis plus de vingt ans que la forme vaporeuse qui se tenait près d'Amanda paraissait vivante. Sa posture le confirmait et intriguait.

Accroupie au côté gauche de la jeune femme, elle s'inclinait sur son bassin. Sa main droite effleurait sa bouche, grande ouverte, de manière exagérée, un peu déformée. Le photographe plissa les yeux. La silhouette indéfinissable avait l'air de murmurer au ventre d'Amanda et celle-ci n'avait rien senti. Un frisson remonta le long de l'échine de James, qui lâcha le cliché, prêt à le piétiner, à le déchirer, pourvu qu'il disparût ! Puis non, il se ravisa. Le montrer à quelqu'un prouverait qu'il ne perdait pas la raison. Il refusait qu'on le traitât avec autant de raillerie et de pitié mêlées comme la vieille Eloy quand elle racontait que... Le quadragénaire se tendit un peu plus. Quand elle racontait que des voix lui murmuraient ce qu'elle devait faire.

— Et si elle n'avait jamais été folle ?

La porte de l'entrée claqua, le faisant sursauter. Il s'empressa de ramasser la photographie, la fourra dans sa poche et remonta le couloir pour accueillir sa petite sœur quand elle rentra. Elle le fixa avec cet air désabusé qu'elle arborait toujours quand elle s'inquiétait – et Dieu savait si elle se rongeait souvent les sangs !

— Qu'est-ce qui ne va pas, cette fois ?

— Rien, je... Ne va pas croire que...

James bafouilla de plus belle, incapable de placer un mot cohérent après l'autre. Il prit une profonde inspiration.

— Ne va pas croire que j'ai fait une quelconque bêtise, hein.

Il avança la main pour lui caresser les cheveux, mais elle recula d'un pas. Son visage trahissait la lassitude et la déplaisance.

— Il s'est passé..., enchaîna James avant de s'interrompre. Oh, regarde plutôt par toi-même.

Il tira la photo de là où il l'avait cachée, puis la tendit à Johanna. Après un moment de silence, elle s'en empara enfin et l'examina. Ses yeux s'écarquillèrent presque aussitôt.

— Qu'est-ce que...

— Je l'ignore.

— Le soleil ?

— Je ne crois pas, cette forme est trop... trop parfaite.

La jeune fille haussa un sourcil interrogateur.

— Tu plaisantes ? On en distingue à peine les contours.

— Certes, mais on se rend bien compte qu'elle est vivante.

— Elle paraît vivante, nuance !

— Toi-même, tu as été surprise ! Johanna, s'il te plaît...

— Je te crois ; là n'est pas le problème.

James poussa un soupir soulagé. Sa cadette lui faisait confiance et il ressentait une joie immense à cette perspective. Il n'était pas seul.

— Tu dois montrer cette photo à d'autres personnes, lui conseilla Johanna. Choisis-les bien.

Oui, bien sûr : les ragots avaient vite fait le tour de l'île et de ses habitants.

— Le petit nouveau m'a l'air assez détaché des autres pour émettre une opinion objective, déclara James.

— Il traîne toujours avec Matthew.

— Matt est un bon gars.

— Un peu dérangé à cause de la guerre, non ?

— Ne dis pas ça ! s'écria le photographe en levant la main.

Il la laissa retomber sur sa cuisse. Johanna se recroquevilla au milieu de l'entrée.

— Nous ne sommes pas dans sa tête, lâcha James en tournant les talons. J'irai le trouver demain. Ne parle de cette histoire à quiconque. Si des ouï-dire me parviennent...

— Oui, oui.

11.

Nora ne quittait presque jamais Matthew du regard. Les voix lui expliquaient quand sortir et à quel moment intervenir – uniquement si besoin était. Minimiser les contacts faisait partie de leurs habitudes ; mieux valait ne pas les bousculer.

Elle pouvait observer l'hôtelier des heures durant, en se mordillant la lèvre inférieure d'un air perplexe. Il ne voulait aucun rapport avec ce qu'il était en réalité, mais nul n'y échappait. Convaincre les concernés s'avérait parfois délicat, car ils ne désiraient pas écouter ce qui les attendait. Quand Nora sondait ces visages, elle n'y lisait que l'effroi. Les traits de Matthew affichaient la même expression d'horreur chaque fois qu'un soupçon d'explication lui effleurait l'esprit. Au fond de lui, il n'ignorait pas ce qu'il se passerait. L'échéance approchait à plus grands pas qu'il l'imaginait. En témoignaient son opiniâtreté, son insupportable humeur, ses longues promenades en haut des falaises. Il rêvait de s'en jeter, tout comme Nora, afin de vérifier si les voix avaient raison. Les mains enfoncées dans ses poches, il parcourait le rivage, observait le *Tristan* échoué comme s'il s'en fichait finalement, puis se rendait du côté de l'isthme. Tout commençait là-bas. Tout y prenait vie. Matthew le savait.

12.

Matthew se leva avec une toux persistante et l'envie furieuse de tout envoyer promener. Edward, Taily Fair, les questions qui le tracassaient jour et nuit… Cet endroit le rongeait peu à peu, la présence d'Edward le travaillait plus qu'elle ne le calmait, désormais. Habiter sur l'île devenait un véritable enfer. Seules les promenades matinales adoucissaient ses tensions. Les falaises avaient un côté paisible à l'aube, malgré le tumulte à leur pied. La vie n'avait, en apparence, aucune prise sur ce paysage. Seules de rares mouettes survolaient la zone, sans pour autant venir troubler le presque silence. En hauteur, Matthew éprouvait un vertige grisant, celui de tous les possibles, de mettre fin à ce qui le tourmentait depuis sa tendre enfance ou, au contraire, s'en détourner.

Le soleil se levait tout juste et en bas, on devinait à peine les contours de ce qui composa jadis un village. L'air froid était vivifiant. Il mordait les joues de Matthew et lui picotait les mains, enfouies dans les poches de son manteau.

Le matin, il enfilait son chapeau de feutre avant de filer en laissant Edward seul. Là-haut, rien ne le préoccupait plus, rien ne paraissait pouvoir l'atteindre. Les températures, les tracas, les ouï-dire lui importaient peu. Uniquement la vue comptait, la mer qui s'écrasait sur les rochers, le bruit des vagues. En journée, ce n'était plus pareil. Il y avait toujours quelqu'un qui passait dans les parages, entre autres Nora, l'une des rares personnes à s'aventurer près du passage étréci. Croiser un promeneur n'était pas exceptionnel, du moins tant que l'on restait dans les parages du village actuel. L'air iodé revigorait Matthew et l'aidait à se remettre de nuits chaotiques.

Ses cauchemars persistaient et l'épuisaient. Il y avait ces cris, ces errances dans la brume et sous la pluie, fine et glaciale. Elle se glissait partout, dans les cheveux, dans le cou. Il semblait alors à Matthew n'être fait que de crachin. Il avait mal aux bras, aux jambes, sa gorge grattait et ses poumons brûlaient. Edward n'avait pas insisté pour qu'il empruntât le canot et consultât un médecin très vite, mais son silence parlait pour lui. Matthew ne lui échapperait pas indéfiniment et puis son hôte n'avait pas tout à fait tort : sa toux cachait peut-être un mal plus grave. Ce même Edward qui mettait les habitants sur les nerfs. Une communauté entière qui rêvait de le voir repartir sur le continent et prête à s'y employer par n'importe quel moyen. Lui faire porter le chapeau des enlèvements en constituait un, mais Edward tenait bon. Il suivait les précieux conseils de Matthew. Quelle idée lui était-elle passé par la tête ? Il se retrouvait entre des gens qu'il connaissait depuis toujours et un homme qu'il avait invité à passer l'année sur Taily Fair. Une énorme erreur de sa part. Il couvrait peut-être un kidnappeur, pire, un assassin. James visait juste en disant qu'Edward semait la zizanie dans le village. Tellement juste.

13.

Plusieurs jours passèrent. Une éternité dans la caboche trop remplie d'Abigail. Quarante-huit heures après la disparition d'Emily, elle avait reçu Mrs Letterford autour d'un thé. Qu'espéraient-elles ? Que le thé fût réconfortant ? Qu'il leur fournît des réponses immuables ? Foutaises ! Abigail tremblait comme une feuille et son hôte frémissait de concert. Constamment. Aucune ne cessait. L'heure où on leur apprendrait l'irréparable tomberait peut-être bientôt. La minute prochaine pouvait être celle où tout bascule pour de bon.

À cause de la tempête, on n'avait pas repris les battues. Abigail et Mrs Letterford en avaient longuement discuté et elles voyaient surtout là un prétexte pour ne pas se mouiller. Nul ne voulait être celui ou celle qui annoncerait la mauvaise nouvelle ni celle qui avouerait que rien n'avait progressé.

— Il y a comme un mur entre eux et nous, avait confié Mrs Letterford avant de porter sa tasse à ses lèvres. Ils restent dans leur monde, celui dans lequel on enchaîne les gens qui vont, qui viennent. Au fond, nous savons tous que nous ne reverrons jamais nos chères petites, mais eux ont au moins le courage de l'admettre.

Puis elle avait plongé le regard dans le liquide trouble sans ajouter un mot de plus.

C'était intenable pour Abigail. La situation, les propos de Mrs Letterford, sa façon d'accepter l'inacceptable. Elle se résignait et se laissait aller à l'abattement. Abigail ne tomberait pas dans ce travers. Il existait des solutions, des moyens pour accélérer les recherches.

14.

Matthew n'adressait plus trop la parole à Edward. Quoi qu'il lui passât par la tête chaque fois qu'ils se croisaient, ceci l'impliquait assez pour lui ôter toute envie de discuter avec lui. Edward assistait donc, impuissant, au changement d'attitude de Matthew, qui glissait d'appréciable à odieuse.

L'hôtelier se levait avec une grise mine, les épaules voûtées et le teint si terreux qu'il s'apparenterait bientôt à celui de Nora. Il errait un peu sans but dans les couloirs de l'hôtel, évitait de s'attarder à la réception, là où Edward avait pris l'habitude d'attendre derrière la fenêtre, dans son fauteuil.

Se servir parmi les bouteilles d'alcool que gardait presque jalousement Matthew tentait le trentenaire à un point qu'il ne soupçonnait pas atteindre un jour. Au cours du petit-déjeuner, le ronronnement de la cafetière et le tic tac régulier de la pendule comblaient les silences gênés. Matthew ne desserrait pas les dents et loin de l'idée à Edward de risquer à sa place. Il ne se sentait plus le bienvenu dans cet établissement et sur l'île, mais sur ce dernier point, ce n'était un secret pour personne. Il n'avait pas cessé d'assurer ses cours pour la beauté du geste, plutôt parce qu'il ne supportait plus les parents dès qu'il leur tournait le dos. Il avait essayé de les ignorer, réessayé. Sans succès. Aucun n'avait la franchise de le renvoyer ; c'était ce qui lui causait le plus de tort.

— Il aurait suffi que je ne vienne jamais ici, c'est ce que vous pensez ? Je me trompe ?

Son bol de café entre les mains, Matthew le sonda un instant avec le regard blasé de celui qui préfère ne pas s'en mêler, sauf qu'en levant le nez de son petit-déjeuner, il s'intéressait déjà trop à la situation.

— Répondez-moi franchement, ça me changera des autres qui préfèrent l'hypocrisie.

Edward voulait bien concéder que, dans le cas présent, il était le plus désabusé des deux. Il n'admettrait pas que Matthew l'envoyât balader, car il attendait des réponses précises, des éclaircissements. Il ne supportait plus le masque doucereux qu'arboraient les gens, leurs politesses et mascarades.

— Matthew ?

L'hôtelier se perdait dans des réflexions qu'Edward supposait sinueuses. Un trait soucieux lui barrait le front. Il reposa le bol avec calme, puis reprit son observation d'Ed.

— C'est possible.

Réponse peu honnête, mais pas injuste non plus.

— Écoutez, Edward. Ce n'est ni que je vous déteste ni que je vous apprécie par-dessus quiconque sur l'île, ça, je pense que vous l'avez compris. J'admets que la coïncidence entre votre arrivée et la disparition de Sally me trouble, comme elle trouble les autres, mais nous ne sommes, après tout, que des humains.

Ed en convint d'un signe de tête et enchaîna.

— C'est tout ? Hormis un grand discours que vous préparez dans votre coin depuis, quoi ? Quelques jours ?

— Je vous héberge, ne l'oubliez pas. Sans moi…

— Sans vous, rien de tout ceci ne serait arrivé et surtout pas à moi. Je ne doute pas que les disparitions auraient quand même eu lieu, sauf qu'on ne m'aurait pas accusé à tort et à travers.

Edward avait bondi de sa chaise sans trop s'en apercevoir. Penché en avant, au-dessus de son repas, il abattit les poings sur la table. Il fixait Matthew de ses petits yeux rageurs, qui lançaient des éclairs en cas de contrariété. Et celle-ci le fatiguait depuis qu'on avait perdu la trace de Sally. Il oscillait entre un état constant d'irritation et de distraction. Il songeait à tout et n'importe quoi, à l'issue du problème que rencontrait la communauté très fermée de Taily Fair, à ce qu'il adviendrait de lui si elle le tenait pour responsable, surtout si elle cherchait à le punir d'un acte qu'il n'avait pas commis. Il ne tremblait plus de peur, car il était persuadé qu'on viendrait le chercher, qu'on l'arracherait à l'hôtel pour le traîner dans un endroit sinistre, plus sinistre encore que ce village détestable.

— Vous connaissiez les habitants bien avant moi, poursuivit Edward après une courte pause. Pourquoi m'avoir proposé un hébergement, si vous saviez qui je côtoierais ou plutôt, qui je ne côtoierais pas ?

— Il n'y avait aucune raison pour qu'une fillette disparaisse.

— *Deux* fillettes, corrigea l'instituteur.

— Et après ? J'en ai assez de me frotter à un supposé assassin d'enfants. Je vous ai offert l'hospitalité sans arrière-pensée, du moins, je ne crois pas. Si ça se trouve, vous essayez de me mettre vos ennuis sur le dos. Si ça se trouve, vous m'espionnez pour savoir comment procéder.

— Vous êtes fou !

— Alors, que fabriquez-vous toute la journée assis derrière votre stupide fenêtre à guetter la route ?

Edward retomba sur son siège et attendit une réaction de la part de Matthew. Un reproche. Un de plus.

— Peut-être que je vous surveille tous et peut-être que j'ai vraiment enlevé Sally et Emily. Sans doute même que je leur ai fait du mal, vous n'imaginez pas à quel point…

— Vous pouviez raconter des âneries. En effet, interrompit Matthew, agacé. Je vous laisse à votre imagination débordante.

Il se leva, son bol à la main, puis quitta la cuisine. Imagination débordante, inutile en de tels lieux où les enfants se volatilisaient, où les mères séquestraient leur progéniture et où les corbeaux coulaient des jours heureux. Quant à Matthew, il avait bien joué le jeu dès le début. À présent, sa hargne n'avait aucune limite, même s'il fallait accuser Edward de gestes qui ne lui correspondaient pas.

15.

James n'osait plus sortir, encore moins prendre des photographies. L'ancien village respirait la nouveauté, mais une beauté malsaine en émanait ; il en avait à présent la preuve. De même pour les voix de Nora, qui étaient prétendument plus que des murmures superficiels ou cris dans un esprit dérangé. Il y avait là-bas des présences. De quelle sorte ? Il l'ignorait, mais elles apparaissaient en tout cas sur les clichés d'Amanda. Elles se penchaient sur son ventre d'une curieuse manière et elles lui murmuraient éventuellement des choses. Il ne voulait pas savoir lesquelles. Tout ceci le dépassait, aussi souhaitait-il bêtement retrouver sa vie d'avant, ses soucis d'alcool et juste eux. Il craignait Amanda. Elle abritait un esprit malin, calculateur, qui avait essayé de l'attirer par de jolies phrases et de nobles idées. James avait failli se perdre en tentation. Heureusement, Nora l'avait remis sur le droit chemin. Acte volontaire ou non ? Il s'en moquait, à vrai dire, tant qu'il gardait les yeux bien ouverts.

Johanna, la concernant, sa présence insupportait le photographe. Elle donnait l'impression de sans cesse essayer de le percer à jour comme si elle doutait perpétuellement de lui. Pourtant, il ne mentait pas et l'alcool ne le poussait pas à se cacher. Au contraire, il s'était montré direct et honnête avec elle, l'autre jour, en lui parlant des photographies. Il aurait pu feindre l'assurance, puis l'autorité. Il n'avait que peu souvent le dernier mot par rapport à elle, mais cette sensation aurait suffi à se convaincre que tout n'allait pas si mal. Pour Amanda, en revanche, il n'envisageait aucune parade puisque ça ne fonctionnerait pas. Quand il fermait les yeux, il voyait la forme blanchâtre, cette espèce de silhouette pas bien définie, inclinée sur le bassin de son modèle. Un vrai cauchemar. D'un autre côté, il y avait aussi Amanda, radieuse, souriante. Belle. À mille lieues de ce qu'elle reflétait.

Voilà une heure que James hésitait à se débarrasser de la lettre déposée sur son paillasson. Un grand J en lettre d'imprimerie trônait, collé, sur l'enveloppe. Rien ne laissait supposer de qui le pli provenait. L'initiale pouvait correspondre à Johanna, mais curieusement, aucun doute n'avait ébranlé James quand il la ramassa ni quand il l'ouvrit. Un léger spasme, oui. À peine.

Tous ses espoirs placés en Amanda venaient de voler en éclats à mesure qu'il parcourait le message. Celle qu'il considérait comme sa muse se cachait depuis le début derrière des sourires de convenance. Lui qui la trouvait si différente des habitants ! Elle aussi mentait. Effrontément. Pire encore, il l'avait crue. Il jugeait pouvoir lui faire confiance. Entre les reproches incessants de

Johanna, ses leçons de morale, il espérait trouver une échappatoire en la personne d'Amanda. Un nouveau souffle, une bonne occasion de renouer des liens avec quelqu'un. Il avait tort.

Le contenu de la lettre anonyme le heurta de plein fouet. Il ne s'y attendait pas. Amanda le décevait. Il ne doutait pas que des explications pussent justifier ce qu'il avait appris. Il devait exister mille et une façons de considérer le monde et celle-ci en était une parmi tant d'autres. Sauf que James ne concevait pas le mensonge, hormis les siens. Si le message, lui et lui seul, racontait des histoires ? Après tout, rien ne prouvait ce qu'il avançait. Nul détail n'indiquait qu'Amanda était effectivement une ancienne prostituée de bordel militaire de campagne de France. Le corbeau cherchait à semer le trouble parmi les villageois et à défaut de rapporter des faits tangibles, il en inventait. Ou pas. James devait en parler avec Amanda, mais il ne voyait pas comment aborder le sujet sans la froisser ni sans se mettre dans tous ses états. Autant renoncer.

CHAPITRE VI

1.

Matthew se tenait debout, les pieds au bord d'une falaise, la pointe des chaussures quasiment dans le vide. Il se sentait pousser des ailes. Il étirait ses bras douloureux en imaginant que le vent gonflait un plumage invisible. Il haussait le menton d'un air fier, plissait les yeux comme si son regard pouvait transpercer la chape de noirceur que le crépuscule dévorait dans un florilège de couleurs flamboyantes. Une pluie fine tombait, glissant sur son chapeau en feutre et dans son cou.

Il approcha encore un peu du vide.

Encore.

Bascula.

On noua deux bras autour de sa taille pour le tirer violemment en arrière. Il tomba sur le dos, sa chute amortie par la personne qui venait de… de quoi, en réalité ? De le sauver d'une mort certaine ou de le condamner à rester davantage ici-bas ?

— Vous alliez…, murmura Edward. N'est-ce pas ?

Matthew se dégagea de son étreinte et bondit sur ses jambes pour se lever. Son hôte l'imita avec plus ou moins de rapidité. Les

166

deux hommes se considérèrent avec intensité. Matthew réajusta son manteau pour se donner de la contenance, mais chacun savait pertinemment ce que l'hôtelier comptait faire. Edward grimaçait. Sans doute n'aimait-il pas ce à quoi il assistait ? Entre les disparitions de Sally et Emily, les ragots, les lettres du corbeau et le climat général qui tendait vers l'hostilité, le sort s'acharnait sur lui.

Il parut lire dans les pensées confuses de Matthew, car en guise de réprimande, il lui servit une leçon de morale à laquelle il ne s'attendait pas.

— Vous comptez offrir la vue de votre cadavre disloqué, en bas, à des enfants ? lança-t-il, plus sur le ton de l'exaspération que de la colère.

Matthew ne dit mot. Ce serait montrer des signes de faiblesse. Edward ne devait pas percevoir ce qui n'occasionnerait que plus de stress pour lui. Matthew sourcilla néanmoins. L'image de sa personne fracassée contre les rochers ne l'enchantait guère. Implantée bien au fond de son crâne, il ne put l'en déloger et soupira à la perspective qu'elle le hantât jusqu'à la fin de ses jours.

Il ignorait ce qu'il fabriquait sur cette falaise, si près du bord. Désirait-il s'en jeter ? *A priori*, oui. De son point de vue, pas du tout. Il se promenait, fidèle à ses habitudes matinales, sous un ciel qui brûlait de couleurs et il s'était retrouvé là, dans une position suicidaire. Il avait agi contre sa volonté, comme si quelqu'un lui avait susurré, chantonné les mots qui l'avaient poussé à se rendre à cet endroit précis pour accomplir un acte tout aussi précis. La voix avait parlé. Explicite. Obstinée. Inutile de lutter contre elle, si douce en apparence. Elle tournait en boucle ; Matthew commençait à se souvenir.

À force d'entendre le même message, celui-ci devenait entêtant. Il le conditionnait à un certain état, celui de simple exécutant. Il ne tenait pas sa propre mort entre ses mains. Bien sûr, parler de cette voix à Edward était une très mauvaise idée. Ce qu'il venait d'éviter, il n'en soufflerait mot à personne, à peine à Ed quand chacun rentrerait à l'hôtel de son côté. S'il devait en discuter, ce serait tout de suite, mais sa mine rembrunie indiquait que ça ne l'enthousiasmait pas.

— J'abandonne, marmonna-t-il, mais ne comptez pas sur moi pour ramasser des petits morceaux de vous sur le rivage.

Edward tourna les talons avec un mélange de fierté et de mépris. Matthew ne chercha pas à le rattraper pour des raisons identiques aux précédentes. L'amener sur Taily Fair restait une erreur monumentale.

Un sanglot mourut dans la gorge de Matthew. Edward pâtissait tant de son attitude presque désinvolte, en tout cas ignoble. Il en était venu à l'incriminer de la même manière que d'autres habitants, sans réfléchir, et dans toute sa bonté humaine, Edward lui avait sauvé la vie. Il ne savait pas pour les conditions qui avaient forcé Matthew à se rendre sur cette falaise pour en sauter ; il croyait bien agir.

Matthew frissonna. Il aurait tant aimé tenir Ed pour responsable ! Il lui aurait été si facile de rejeter la faute sur cet homme qu'il connaissait à peine, mais si l'hôtelier lui avait parlé plus tôt, s'il avait vite brisé la glace, aucun d'eux n'en serait là, aujourd'hui. Déçu de son propre comportement, Matthew serra le poing. Il avait trahi la confiance d'Edward, l'avait poussé à bout de nerfs, malmené. Rien n'excusait ses propos ni ses gestes, mais si son hôte lui donnait une chance de s'expliquer, pendant une seule minuscule minute, peut-être que… Il coupa court à ses pensées en ballottant la tête. Il n'était qu'un fou. Fou de penser ça, de croire en le pardon d'autrui. Il avait exagéré, abusé de la crédulité d'Edward, de sa gentillesse. On ne traitait pas ainsi une personne que l'on prétend aimer.

2.

Installé derrière sa fenêtre, Edward avait passé la journée ou presque à réfléchir. Il avait bravé la pluie continue et les rafales sous lesquelles ployaient les arbres pour se rendre chez James. À sa demande, car il n'y serait pas allé, sinon. S'il avait su ce qui l'attendait sur place, ce qu'il apprendrait, ou plutôt, n'y apprendrait pas, il serait définitivement resté au chaud. La photographie qu'il gardait comme une preuve, tenait, tripotait, puis reposait sur ses genoux cachait des informations. De nouvelles, de celles que Matthew avait bien gardé d'ébruiter. Il avait ses secrets, ce qui ne constituait pas un réel problème en soi, mais tout bien considéré, comment l'hôtelier pouvait-il l'embarquer dans une histoire pareille sans lui en toucher deux mots ? Comment diable pouvait-il se permettre de le mener par le bout du nez ?

Non, en fait, c'était l'île qui menait ses habitants par le bout du nez. Son isthme tant redouté, Léonie qui enfermait son fils à double tour, le navire qui avait accosté – pour ainsi dire – sans aucun de ses passagers et ces plumes. Elles étaient partout, à bord du *Tristan* et jusque dans la gorge de Matthew ! Et lui, que fabriquait-il plusieurs nuits par semaine, dehors ? La question de savoir qui avait enlevé ses élèves importait presque peu à Edward. Il était innocent, voilà tout, et si les villageois se refusaient à le croire sur parole, alors il ne restait qu'une solution : la fuite.

Le soleil ne décroissait pas encore et Ed se voyait mal rester une nuit de plus sur Taily Fair. D'un pas ferme, il quitta l'établissement en claquant la porte derrière lui. L'averse le glaça sur place, mais il courba l'échine et enfonça les mains dans ses poches avec une lueur d'audace dans les yeux. Il ne s'était jamais senti si sûr de lui, si affirmé. Nul ne lui dicterait plus sa conduite, quitte à ce qu'il prît des risques inconsidérés. Il crèverait en pleine mer si le ciel en décidait ainsi, mais il ne reviendrait pas vers Taily Fair. La rage au ventre, les larmes au bord des yeux, il accéléra le rythme et marcha en direction de la côte, par les marches creusées dans la falaise.

Le fracas des vagues sur les rochers ne l'impressionna pas. Le vent ne le força pas à tourner les talons. Il atteignit le rivage sous une pluie battante qui redoublait d'intensité. Son cœur cognait dans sa poitrine, son pouls martelait ses tempes. Il avait la vision un peu brouillée à cause de l'eau qui lui inondait le visage, mais supposa que des larmes s'y mêlèrent. Quitter l'île ne provoquait pas qu'une grande joie, car en son for intérieur, il regrettait de partir ainsi, de se défiler tel un coupable. Une fois l'Écosse atteinte, il n'y aurait plus possibilité de retour, d'espérer rebrousser chemin en clamant son innocence. Il ne trouverait pas le courage de revenir. Cet endroit lui avait fait trop de mal et Matthew… Sa mine désolée, son regard déconfit…

Edward inspira profondément jusqu'à ce que ses poumons en eussent assez. Pensif, il s'immobilisa. Figé au milieu du sable mouillé, les épaules tombantes et la gorge serrée, il renifla d'un air misérable. Enfin, il ajusta la capuche de son ciré, emprunté à Matthew, puis s'engagea vers sa seule chance de salut.

Les vagues crachaient leur écume et s'écrasaient sur la plage. Edward plaça la main en visière et observa droit devant lui. Il pouvait le faire. Il le ferait, de toute manière. Il réunit assez de forces pour pousser le canot de Matthew jusqu'à l'eau, puis grimpa dedans quand il fut à flot. La houle le porta sur plusieurs nœuds avant qu'il parvînt à lancer le moteur fatigué.

— Allez, mon grand ! l'encouragea-t-il. Conduis-moi sur la terre ferme, je t'en supplie.

Il rentra la tête dans les épaules pour se protéger du vent du mieux possible.

La mer le malmenait depuis dix bonnes minutes quand le silence s'installa soudain. Entier, il ne laissait absolument rien entendre. Ni la pluie violente qui s'écrasait sur le jeune homme ni les battements désordonnés de son cœur. Encore moins sa respiration saccadée. Ses oreilles bourdonnaient. Un manteau de froid l'enveloppait et le rideau de pluie l'empêchait désormais de voir où il naviguait. Il fit volte-face pour essayer de repérer Taily Fair. Sans succès. Elle avait disparu dans la tempête. Il doutait fort de s'en sortir vivant.

Une vague monstrueuse se dressa tout à coup devant lui. Il s'empressa de diriger le canot sur la droite, tenta une percée dans le creux. En vain. La houle manqua l'engloutir de peu et projeta la frêle embarcation loin derrière.

Edward poussa un cri de terreur.

3.

— Qu'est-ce que..., s'interrompit Matthew, effaré. IL EST FOU !

Le temps de réagir et de dévaler la plage, auréolée d'un clair de lune sous l'épaisse couche de nuages, Edward et le canot se trouvaient déjà loin.

— Vous ne pouvez rien tenter seul, l'avisa Letterford en le rattrapant.

C'était un homme effondré depuis la disparition de sa fille qui lui indiquerait la marche à suivre, peut-être ? Matthew ricana intérieurement. Il avait mieux à faire que l'écouter.

— Tenez, rendez-vous utile, d'accord ? lui lança-t-il. Fermez-la.

— Laissez ce type où il est !

— Parce que je vais vous écouter, vous croyez ?

Matthew voyait rouge. De quoi se mêlait Letterford ? Si l'hôtelier n'agissait pas dans les plus brefs délais, Dieu seul savait ce qu'il adviendrait d'Edward. Le malheureux avait perdu toute raison, mais crever ne la lui rendrait pas. Matthew souffla un grand coup, puis s'avança vers la mer.

— Je n'aurai pas votre mort sur la conscience, mais en plus, je ferai en sorte que ce fils de chien crève sans plus de délai ! rugit Letterford par-dessus la tempête. Que la mer l'emporte et nous rende la tranquillité !

Il le retint par le bras et le contraignit à reculer. Dans ses yeux injectés de sang, la colère crépitait. Matthew tenta de lui en coller une, mais son adversaire avait de bons réflexes. Un premier coup au visage assomma l'hôtelier à moitié. Il se fit entraîner sur plusieurs mètres. Ses orteils s'ensablaient en l'empêchant d'avancer correctement. Il trébucha, se rattrapa à Letterford, lequel le repoussa d'un mouvement du bras.

L'image d'Edward se débattant au milieu des vagues déchaînées éclata dans l'esprit de Matthew. Mû par un espoir nouveau, il redoubla d'efforts pour résister à Letterford. Il se dégagea enfin de son étreinte, avant de le bousculer avec une rage désespérée.

— Laissez cet assassin où il est, Shern !

Un coup de feu déchira la nuit tombante. Matthew sursauta. Dans le dos de Letterford se dessinait la silhouette de James, sa carabine pointée vers le ciel.

— Encore un geste, Mr Letterford, et je vous expédie *ad patres*.

Les deux hommes se défièrent du regard. La moustache du plus âgé frémit, tandis que le photographe s'affirmait en position de force.

— Ne vous méprenez pas ; pour ce que j'ai à perdre, je n'hésiterai pas à tirer.

Matthew profita de l'intervention de James pour ôter ses bottes et se glisser dans l'eau glaciale en grelottant. Ed venait de se mettre dans un sacré merdier et la tempête ne faiblissait pas.

Le refroidissement soudain coupa le souffle de Matthew un instant. Il avala une franche goulée d'air avant de s'enfoncer davantage dans l'étendue turbulente, jusqu'à la taille. Les remous le chahutèrent. Il but la tasse à plusieurs reprises, insistant sur ses jambes avec une robustesse décroissante à mesure qu'il progressait vers le large.

— Edward ! beugla-t-il, alors qu'il repérait le canot près de la côte.

Le moteur ne tournait plus et sous les rayons lunaires, Matthew constata qu'il était inoccupé.

— EDWARD !

Une terreur sourde l'envahit et le figea, alors qu'il se tenait à l'embarcation. Il se reprit, frappa la surface de l'eau du poing et embrassa l'horizon du regard. Il distingua soudain une silhouette qui remuait sur le rivage, puis s'élança aussitôt dans sa direction. Edward se laissait de nouveau entraîner par la houle quand il l'agrippa grâce aux forces qui lui restaient. Il le tira sur la plage et fit signe à James que tout allait bien.

Ed se redressa pour cracher un peu d'eau. Il adressa à Matthew un regard intimidé, guettant sa réaction, mais l'hôtelier n'avait aucune intention de le gronder comme un enfant pris la main dans le bocal à bonbons. Il avait eu bien trop peur pour ça. Il caressa les cheveux d'Edward, un sourire soulagé au coin des lèvres.

Son cœur cessa lentement la cavalcade que la panique et la météo nourrissaient. Edward balbutia quelques mots, rendus incompréhensibles par le vent. Il évacua encore un peu de liquide, plié en deux.

— Laissez-moi, gémit-il en enfonçant les mains dans le sable pour se lever.

Matthew lui emprisonna les poignets pour l'obliger à cesser.

— Arrêtez ça.

Ed s'effondra d'abord à genoux avant de s'étaler de tout son long. Son ami le secoua un peu, puis comprit qu'il venait de perdre connaissance. Il s'apprêtait à le porter pour le ramener à l'hôtel quand un groupe de villageois rappliqua pour prendre de ses nouvelles. Seule Abigail, en retrait, observait la scène avec un air mauvais. Elle dévisagea Edward un moment, puis finit par se retirer sous l'indifférence générale.

— Le pauvre petit, murmura Nora en le contemplant, étendu par terre. On dirait qu'il dort. Il est si paisible.

Matthew considéra Ed et nota qu'en effet, ses tourments paraissaient bien dérisoires en cet instant. Il répliqua, acerbe.

— Dites donc ! Il n'est pas mort, que je sache.

La vieille fille se rembrunit et recula de quelques pas. Le reste des habitants s'écarta pour laisser passer Matthew et son encombrant fardeau. Letterford, lui, ne l'entendit pas de cette oreille. Il fonça tête baissée vers l'hôtelier et le heurta de plein fouet. Déstabilisé, Matthew tomba, roula dans le sable en retenant Edward contre lui coûte que coûte, puis finit sur le dos. Ed gisait à ses côtés, toujours évanoui. Son hôte ne chercha pas à comprendre ce qu'il venait de se produire ni de quelle manière Letterford avait échappé à la vigilance de James. L'homme, imposant, avançait droit vers lui. La colère déformait son visage, ses épaules remontées et son torse bombé l'exprimaient plus encore. Letterford désirait la mort d'Edward ; pas question de le satisfaire, mais les maigres ressources de Matthew diminuaient. Un nouvel affrontement le terrasserait, tandis que l'instituteur était en ce moment incapable de se défendre.

— Je vous préviens, Shern : c'est votre petit protégé ou moi.

Matthew déglutit. Ainsi, Letterford lui demandait de choisir lequel des deux aurait droit à la vie. Il ne pouvait pas. Il n'en avait ni le droit ni l'envie. Encore moins le courage. Il n'arriverait jamais à vivre avec le souvenir de cette nuit sur la conscience.

175

— Cette ordure a enlevé ma fille, mais je veux bien lui donner une chance de vivre pour se repentir, si telle est votre décision. Si ça peut apaiser mon épouse et Emily, qui m'observe de là-haut…

La voix de Letterford chevrota.

— Il n'a pas à se repentir de quoi que ce soit, essaya de le raisonner Matthew.

Seule cette alternative s'imposait à lui. S'il ne saisissait pas cette chance de dialogue, rien ni personne ne sauverait Letterford ou Edward. L'un d'eux mourrait ce soir et Matthew n'en supportait pas l'idée.

— Aucun de vous n'est coupable, poursuivit-il. Permettez au temps de faire son œuvre. Edward quittera Taily Fair, je vous le promets. Je le ramènerai moi-même sur le continent.

Il y eut un flottement. Letterford avança d'un pas.

— Je le ramènerai, répéta Matthew en priant très fort.

— Vous n'en ferez rien.

Le père d'Emily paraissait terriblement déçu de ce constat aussi soudain qu'inattendu.

— Je lis dans vos yeux, Shern. Tout le monde sur cette île lit dans vos yeux.

Matthew la remarqua alors, dans la continuité du bras de Letterford : la carabine de James, qu'il tenait solidement vers son menton. Voilà pourquoi le photographe n'avait pas répliqué. D'aucuns eurent l'occasion d'intervenir. Matthew détourna le visage juste avant la détonation et ferma les yeux, avec la peur au ventre de les rouvrir et d'affronter la vision du corps sans vie de Letterford, une partie du visage explosée.

Quand il prit le chemin de l'hôtel, James récupérait son arme et promettait d'amener le corps chez le médecin, argumentant que c'était le moins qu'il pût faire.

#

— Ça ira, merci.

Assis dans la cuisine de l'hôtel, Edward était bougon. L'intervention de Matthew jouait sans doute sur son tempérament, le rendant exécrable au possible depuis leur retour de la plage, mais sans elle, le cadavre de l'instituteur dormirait au fond de la mer. Matthew ne pouvait s'empêcher de penser que le lendemain, son hôte se montrerait reconnaissant. Une bonne nuit de sommeil sur tout ceci ne ferait pas de mal. Tous deux avaient enchaîné les émotions, ce soir. Ed avait failli mourir noyé dans la tempête, avant d'apprendre le suicide d'un villageois. Ses vêtements dégoulinaient et avaient reçu quelques projections de sang, ainsi que son visage fatigué. Quant à Matthew, en plus de ça, avait eu la peur de sa vie en apercevant le canot secoué par les vagues déchaînées.

— Vous êtes sûr ? Parce que vous êtes trempé et blanc comme un linge...

— Ça ira, je vous dis, grogna Edward.

Il bouscula Matthew d'un coup d'épaule, puis se dirigea vers l'escalier. Il tituba, alors que l'hôtelier s'avançait. Ses doigts se crispèrent sur la chemise de Matthew, qui le rattrapa dès qu'il montra des signes de faiblesse. Ses jambes cédèrent ; il s'effondra, de nouveau inconscient.

Le porter dans sa chambre fut de loin le plus éprouvant, car il ne représentait qu'un poids mort avec la joue contre le torse de Matthew et le bras droit pendant dans le vide. L'hôtelier avait mal au dos de l'avoir déjà ramené de la plage. Il frissonnait à la suite des évènements. Si James n'avait pas emporté sa carabine, si Letterford s'était entêté au lieu de tirer... Matthew ignorait ce qu'il se passait sur Taily Fair, mais Ed n'avait pas tort de vouloir à tout prix la quitter.

Edward protesta pour la forme quand le jeune homme le déshabilla, le sécha, puis lui enfila un pyjama, avant de le glisser sous les couvertures. Il tenta de le repousser et replongea dans les méandres du sommeil.

#

Un soubresaut réveilla Matthew, qui ne dormait que d'un œil, accroupi sur la moquette et le visage blotti entre ses bras sur le bord du lit. Il crut d'abord rêvasser, mais la faible pression des doigts d'Edward sur les siens le réveilla tout à fait. Les sens en alerte, il se redressa avant de dégager sa main. Bon sang ! Ce contact précipité, imprévisible le surprit. Veiller Ed lui tenait à cœur et il s'était d'ailleurs assoupi à ses côtés, mais il préféra quitter la chambre. Mieux valait ça à une ambiguïté naissante qui n'existait que dans sa tête.

4.

La sensation moite du lit agaça Edward, qui somnolait depuis de très longues minutes. Il tâtonna le matelas, à la recherche de la présence qui l'avait apaisé durant la nuit. Matthew. Personne, toutefois. Il renfonça la tête dans l'édredon moelleux et traînassa encore quelques instants parmi les bribes de ses rêves.

Il avait chaud, froid, et une douleur insistante martelait son crâne en cadence avec son pouls. Elle l'immobilisa brièvement, alors qu'il se redressait. Sa main agrippa un pan de couverture pour le rejeter, puis il passa une jambe dans le vide avec maladresse. Des vertiges le contraignaient à des gestes restreints, aussi les deux mètres le séparant de la porte furent horribles. Le battant s'ouvrit, tandis qu'il se dirigeait vers la sortie. Un rectangle de lumière ocre l'éblouit, puis la silhouette de Matthew s'y dessina. Il tenait une lampe à pétrole dont la flamme dansait devant Ed. Celui-ci détourna le visage, le temps de s'habituer. Sans attendre, Matthew porta la main à son front.

— Vous êtes fiévreux, constata-t-il, tracassé.

— Soif, prétexta Edward en essayant de forcer le barrage que constituait l'hôtelier.

En réalité, il souhaitait juste se dégourdir les jambes. Elles étaient lourdes. Son corps entier pesait une demi-tonne. Matthew bloqua l'accès au couloir avec son bras.

— Pas que je puisse vous empêcher d'aller où que ce soit, mais votre état me préoccupe.

— Soif.

— Je vous apporte ça. En attendant, essayez de ne pas finir au bas de l'escalier.

Ed acquiesça, prêt à tout accepter, pourvu qu'on le laissât gambader à sa guise ! Matthew ôta enfin son bras, puis tourna les talons.

L'instituteur avait la bouche pâteuse, ses cheveux collaient à sa nuque, ses yeux brûlaient chaque fois qu'il clignait des paupières et propageaient une onde de chaleur sous son crâne.

Quand Matthew revint, un verre d'eau à la main, Edward gisait assis sur le sol, le dos appuyé contre le chambranle de l'entrée. Le visage enfoui dans les mains, il tenta de se relever dès qu'il entendit les bruits de pas de l'hôtelier dans les marches. Sans succès.

— Je vais vous aider, dit Matthew en posant le verre sur la table de nuit.

Il se baissa pour hisser Edward sur ses membres inférieurs.

— Et si vous arrêtiez de me materner ?

— Vous préférez rester par terre ?

Ed grommela avant de se laisser faire. Installé sur l'unique fauteuil de la chambre, il ferma un peu les yeux et sentit que l'on glissait un objet froid entre ses doigts. Il porta le verre à ses lèvres et avala une gorgée. Matthew étendit ensuite sur ses genoux une couverture récupérée dans l'armoire.

— Je vais changer les draps, vous ne pouvez pas dormir là-dedans. Vous vous rafraîchirez et changerez de pyjama avant de vous recoucher.

Edward approuva. Il versa l'eau dans le broc, sur la commode, dans la cuvette et se rinça le visage pendant que Matthew s'activait autour du lit. Dix minutes plus tard, son hôte rembourrait déjà l'édredon, preuve qu'il maniait l'art délicat du changement de draps en un temps record.

— Vous étiez là, cette nuit, glissa Edward en se recouchant après une rapide toilette.

Matthew, qui tenait la couverture, suspendit son geste avant de la rabattre sur son hôte.

— Je vous ai veillé. Un peu.

Il se pencha pour ajuster la position de l'édredon ; Ed cueillit alors ses lèvres avant de retomber sur le dos.

— Je croyais que..., commença Matthew d'une voix mal assurée.

Edward lui lança un regard chargé de reproches, puis un autre, plus doux.

— Je me suis trompé. Peut-être.

Il ne désirait pas que l'hôtelier prît son aveu pour un choix arrêté. S'accorder une porte de sortie l'arrangeait et le rassurait, bien qu'il fût à peu près certain que son hésitation frustrât Matthew. Il n'avait que ça à offrir pour le moment. Du moins le jugeait-il.

5.

Matthew perçut les craintes d'Edward au fond de ses prunelles troublées. Il s'installa sur le bord du lit et le contempla. Les larmes d'impuissance qu'il devinait au bord de ses yeux lui donnèrent envie de le prendre dans ses bras pour ne plus le laisser partir. Pas comme après leur unique nuit ensemble, celle depuis laquelle il se reprochait un départ précipité et indélicat. Il chercha ses mots. Longtemps. Ed ne devait pas se rendre compte du temps qui passait, toujours assommé par la fièvre. Matthew redoutait sa réaction quand il lui avouerait enfin la vérité concernant sa présence sur Taily Fair, car rien n'arrivait jamais tout à fait par hasard.

Il parla d'une traite sans chercher à définir ce qu'éprouvait Edward. Il captait toute son attention, ce qui était déjà pas mal au vu des circonstances. L'instituteur luttait contre le sommeil, la tête enfoncée dans son édredon et les lèvres entrouvertes. Son visage presque endormi finit pourtant par dévoiler un sourire béat.

— Alors, c'était toi cette nuit-là ? articula Edward. C'est pour cette raison que tu es le seul à avoir voulu m'accueillir, ici.

— Le monde est petit, hein ?

Ed pouvait-il être en colère après tout ce temps ?

— Pourquoi es-tu parti après notre...

— J'ai eu peur.

Matthew baissa les yeux.

— J'ai toujours peur.

— Oh, Matthew.

— Je t'ai cherché quelques jours après mon départ. Ma fuite. J'ai même demandé ton nom au directeur de l'école où tu enseignais. Quand j'ai appris que tu te rendais sur Taily Fair, je me suis proposé pour t'y amener.

— Dans le but de me revoir ?

Matthew approcha pour serrer Ed contre lui, mais son ami demeura immobile. Il ne répondit pas à l'enlacement et ne rendit aucun geste d'affection.

— Il y a ces cauchemars, enchaîna l'hôtelier en esquivant la question.

Son étreinte se raffermit.

— Je t'ai menti. Ils ne concernent pas la guerre.

Edward se dégagea d'un mouvement brusque.

— Ils se passent ici. Enfin, sur La Petite. Au réveil, je suis essoufflé, j'ai mal à la gorge. J'ai l'impression d'avoir marché toute la nuit. Parfois, je ramasse une plume ou deux près de mon lit. J'ai tenté d'identifier l'animal porteur de ce genre de plumage.

Il hocha la tête par la négative pour montrer qu'il avait fait chou blanc.

— Qu'attends-tu de moi ?

Edward réagissait avec égoïsme. Matthew lui lançait un appel au secours. Il venait de lui avouer la vérité, alors pourquoi ne pas juste lui tendre la main qu'il attendait tant. Il était à deux doigts de craquer. Pourquoi n'avait-il pas parlé avant ? Pourquoi laisser tant de remords le ronger ? Edward céda et fit signe à son amant d'approcher. Il l'accueillit au creux de ses bras avant de poser une main au sommet de son crâne pour caresser ses cheveux. Ceci le calma un peu à défaut de mieux.

— L'autre soir, il se peut que je t'aie vraiment appelé, Edward.

— Il m'arrive de te chercher en pleine nuit, avoua le jeune homme, n'y tenant plus. Une fois, j'ai vérifié toutes les chambres.

— Sans succès.

— Non.

— Combien de fois ?

— Je ne me souviens pas.

— Combien ?

Matthew durcit le ton sans pour autant lâcher Ed.

— Trois ou quatre. Au cours des premiers jours. Je crois.

L'hôtelier s'écarta.

— Qu'est-ce qui m'arrive ?

Ses lèvres tremblèrent. Il fondit en larmes.

6.

— La fièvre est tombée, confirma Matthew en ôtant sa paume du front d'Edward.

Quelques frissons le parcouraient encore un peu. Il considéra l'hôtelier avec une attention non feinte et tenta un maigre sourire.

— Ne te force pas, plaisanta Matthew en le regardant dans le fond des yeux.

Une lueur inconnue l'y happa. Il resta immobile durant une seconde ou deux, juste assez pour qu'Edward le saisît au poignet, l'attirât à lui et l'embrassât. Matthew se tendit, puis relativisa quand Ed l'enlaça par la taille. Son cœur martelait sa poitrine, son estomac faisait des nœuds. Quant à ses jambes, elles le soutenaient à peine. Il ne s'attendait pas à un tel revirement de situation après le refus d'Edward d'aller plus loin, l'autre soir. Il s'était montré catégorique et pourtant... Il y avait eu les confidences de la veille.

— Je ne devrais peut-être pas, hasarda Ed en se détachant.

Matthew répondit à son étreinte par une autre, lui faisant ainsi comprendre qu'il pouvait entreprendre ce qu'il lui traverserait l'esprit. Un acquiescement franc acheva de convaincre Edward, qui laissa glisser ses mains timides sur les fesses de Matthew. Ce dernier accueillit son geste avec un mélange d'appréhension et d'intérêt. Aucun homme ne l'avait plus touché depuis la guerre. Matthew était parti un lendemain de cuite après une seule nuit, son sac de linge sous le bras. Involontairement, Matthew projetait cet épisode sombre de sa vie sur Edward et craignait les mêmes répercussions sur lui. Que se passerait-il s'il repartait sur le continent ? Quand il y retournerait, car il n'avait prévu de séjourner qu'un an sur Taily Fair. L'inquiétude d'Edward, la première fois qu'ils avaient échangé un baiser, Matthew la comprenait désormais. Impossible, cependant, de faire taire l'envie qui montait en lui.

D'un geste fébrile, il déboutonna la veste de pyjama d'Edward, qui le laissa procéder au bon cours des opérations. Il suivait à la trace les doigts de Matthew sur son torse ; l'hôtelier sentait la tension qui lui nouait les muscles, aussi l'incita-t-il à s'allonger sur le lit. Installé sur le ventre, sa chemise ôtée, Ed laissa Matthew s'asseoir à califourchon au-dessus de lui. Le contact de ses mains sur ses épaules quand il commença à masser lui soutira un premier soupir.

— C'est tout ce dont tu as besoin, lui certifia Matthew. Te détendre.

— Je connais autre chose qui...

— On y vient.

Il laissa courir ses paumes sur le dos de son ami, constellé de grains de beauté.

— Ta peau ressemble à une carte des étoiles, glissa-t-il en atteignant les reins.

— Quoi ? Cette horreur ?

Edward eut un léger mouvement de demi-tour, mais la présence de Matthew l'empêcha de se retourner. Vaincu, il reprit sa position initiale. L'hôtelier posa les mains de part et d'autre du jeune homme et se pencha pour lui parler.

— Est-ce que tu veux ? s'assura-t-il avant de poursuivre.

Son hôte se crispa de nouveau.

— Eh, murmura-t-il en embrassant ses grains de beauté un à un.

Il passa une main sous Edward, qui souleva instinctivement le bassin pour lui permettre d'accéder à sa ceinture.

— Aide-moi, finit-il par demander, las de batailler.

Ed roula sur le dos, s'abandonnant aux préliminaires. Après quoi, Matthew ne réalisa pas trop ce qu'il était en train de faire. Il savourait l'instant présent sans se préoccuper des éventuelles conséquences. Le monde pouvait bien s'arrêter de tourner tandis que sa bouche se refermait sur le sexe d'Edward.

7.

Les lèvres de Matthew avaient laissé comme une empreinte en Edward. Une empreinte qui muerait en écharde dans le cœur s'il quittait Taily Fair, ce à quoi il aspirait par-dessus tout, mais qui, dorénavant, l'effrayait au plus haut point. Il se voyait mal rejoindre le continent, alors qu'il avait ses marques sur l'île et que Matthew... Il jeta un coup d'œil sur sa gauche : son ami dormait à poings fermés, la tête sur son épaule. Son léger ronflement commençait à bercer Ed, qui accusait la fatigue de ces derniers jours.

Il ne s'était plus senti ainsi en sécurité depuis fort longtemps. Ça devait remonter à la dernière fois où un homme l'avait aimé entre deux cuites. Le lendemain, Ed ne se rappelait rien de lui, hormis qu'il émanait de cet amant une sensation de pleine quiétude. La même le berçait dans un semi-coma. Il lutta un moment pour ne pas céder aux sirènes du sommeil, puis ferma les yeux et se laissa aller à l'abandon. Quand Matthew quitta la pièce pour s'éclipser dehors, croyant Ed endormi, celui-ci ne le suivit pas. Au diable ses virées nocturnes ! Il faisait ce qu'il voulait.

8.

Nora se voûta plus qu'à l'ordinaire quand elle constata le déluge de plumes qui envahissait sa maison. Un tapis multicolore recouvrait le paillasson ainsi que les marches de l'escalier. Elle pouvait les suivre à la trace jusqu'à sa chambre, là où il y en avait le plus : sur l'imposante armoire près de la porte, sur le couvre-lit crème, au pied de la coiffeuse... Depuis combien de jours n'avait-elle pas balayé ? Il lui faudrait un espace considérable pour stocker tout ça, des sacs, et le transport risquait de durer un moment. Au vu de son âge avancé, les traîner lui causerait des soucis ; elle ne parviendrait pas à les évacuer au-dessus de la mer et se contenterait, une fois de plus, de semer des petits tas de-ci de-là. À force, quelqu'un finirait par les remarquer. Les voix ne lui en avaient pas encore parlé, mais ça ne saurait tarder. Elles appréciaient la discrétion de Nora, raison pour laquelle la vieille femme constituait un excellent parti, tant pour véhiculer leurs idées à celles et ceux qui les ignoraient que pour garder un œil sur qui il fallait. Tant pis. Elle prendrait le risque, une fois de plus.

Avec la nouvelle tempête, personne ne devrait mettre le nez dehors. Un climat parfait pour dissimuler des preuves de certaines existences. En attendant, il fallait nettoyer de fond en comble. Les voix n'annonçaient aucune visite, mais on ne savait jamais.

Matthew commençait à se poser beaucoup de questions et Edward l'encourageait en ce sens. Sa seule présence le poussait à s'interroger plus qu'il ne l'avait pas fait en plus de trente ans. Les voix le surveillaient depuis sa naissance. Elles lui murmuraient à l'oreille et bien qu'il s'abstînt encore de les écouter, elles continuaient de dresser de grands desseins pour lui. Matthew restait susceptible de débarquer à l'improviste, car il soupçonnait Nora d'en savoir plus qu'elle ne le montrait. D'ailleurs, elle ne disait jamais rien et se contentait de jouer avec une plume, le plus souvent.

Les jours s'écoulaient toujours à une lenteur effroyable, la grande horloge du séjour égrenait les secondes avec ces tic tac agaçants qui les rendaient encore plus longs. Il n'y avait rien pour s'occuper sur Taily Fair, hormis ramasser des plumes.

Toujours plus de plumes.

Et se promener du côté du vieux village.

La nuit avait un attrait hypnotique et Nora se plaisait à marcher dès que le jour déclinait. Parfois, c'était pour évacuer les plumes. Le plus souvent, c'était pour tuer le temps. Ici, les voix l'avaient appelée. Cela n'arrivait pas souvent, mais quand tel était le cas, ça ne présageait rien de bon pour leur espèce qu'elles cherchaient à protéger, à épanouir et surtout, à perpétuer.

Nora transporta ses sacs un à un dans une vieille brouette, qu'elle poussa bon gré mal gré au rythme de la roue grinçante. Celle-ci ajoutait au lugubre de cette froide nuit. La bouche entrouverte de Nora laissait échapper des nuages de vapeur que les bourrasques balayaient. Elle courba l'échine pour affronter le mur venteux qui la ralentissait. Ses lombaires protestèrent, mais elle ignora la douleur et avança de plus belle. Là-haut, elle défit les nœuds des sacs avant de les retourner sur le sol détrempé que la pluie continuait de marteler. Nora frissonna une fois son dur labeur terminé. L'air froid pénétrait le tissu de ses vêtements, sa chair jusqu'à ses os. Elle poussa sa brouette vers le village sans se retourner, sans vérifier si le vent balayait ses plumes. Cela ne faisait aucun doute.

9.

L'isthme s'étendait droit devant, sous le rideau de pluie et de vent. Matthew le contemplait depuis plusieurs minutes. Cet endroit sordide avait fait tant de victimes, à commencer par ses parents. De quelle manière l'attirait-il encore ? Il n'émanait aucune quelconque beauté de ce lieu, aucune aura, aucun émerveillement. À l'autre bout, la Petite ne formait qu'un morceau de caillou stérile où nul n'avait jamais vraiment vécu. Quelques-uns avaient bien essayé de s'y implanter pour fuir la communauté soudée à coups de médisances, mais force était de constater qu'on n'échappait pas à cette dernière. Matthew avait lui-même tenté de se confiner dans son hôtel. Sans succès, la preuve étant qu'il avait invité Edward à l'y rejoindre pour une année. Ed qui ne s'installerait pas sur Taily Fair, ça se lisait sur sa figure. L'île le répugnait, son histoire aussi. Quant aux habitants, ils avaient une tendance à n'accepter personne.

Taily Fair n'était qu'un groupement de solitaires, un havre d'isolement, mais pas de paix. La colère couvait sous les poignées de mains échangées, le doute subsistait derrière ces regards faussement neutres, les questionnements persistaient derrière les hochements de tête, mais plus que tout, les silences ne restaient que ça, la marque de désapprobation, de soupçon, d'opiniâtreté. La plupart des habitants ne causaient qu'entre eux. Si Amanda s'était plutôt bien intégrée, elle ne leur en restait pas moins étrangère. Au café, on ne lui adressait la parole que pour prendre sa commande. Le propriétaire n'était pas un mauvais bougre. Il avait une mine joviale et se montrait courtois, mais ça n'allait pas plus loin. Trouver la jeune femme dans son établissement ne le poussait pas à la saluer quand il la croisait dans la rue. Leur contact demeurait strictement professionnel. Cette île s'apparentait plus à une façade : paradisiaque ou presque à l'extérieur et pourrie à l'intérieur, comme un fruit trop mûr.

Le paysage happait Matthew. L'isthme dégageait une fascination voilée. Un passage si maudit que nul n'osait plus l'emprunter ou l'approcher ; il était fou que des endroits pareils existassent sur Terre !

Un cri lointain arracha Matthew à ses réflexions. Les mains dans ses poches de manteau, il leva le nez en direction de la Petite, de là où avait émané l'appel. Un frisson remonta le long de son échine. Il entrouvrit la bouche pour appeler, mais seul un nuage de vapeur en sortit. Quelque part dans son dos, Léonie criait, elle aussi. À la recherche de son fils, qui d'autre ? Matthew déglutit. Il imaginait bien la recluse avec les mains en porte-voix, les yeux plissés pour essayer d'y voir et le cœur battant la chamade. Il n'imaginait que trop bien. Les jambes en coton, les bras croisés sur la poitrine pour se tenir chaud, la gorge nouée. Elle tenait à son fils, sinon elle ne l'enfermerait pas pour son bien. Elle devenait juste dingue, mais ce n'était pas inhabituel sur Taily Fair. Matthew se mit à sa place quelques instants. Si Edward… Il se figea. Si Edward devait s'égarer là-dedans, l'hôtelier hurlerait après lui jusqu'à s'en crever les poumons. Cette impression qu'il pouvait le perdre n'importe quand sur cette île de malheur lui faisait, croyait-il, le plus peur. La présence de Léonie ne l'effrayait pas et quoi qu'il pût se passer ici non plus. Il redoutait essentiellement qu'Edward finît à la place du fils comme il lui était déjà arrivé, et que cette fois, il ne revînt pas.

Matthew s'apprêtait à tourner les talons, à ignorer tout bonnement ce qu'il se passait autour de lui, quand une silhouette familière découpa le brouillard léger. Petite et frêle, elle avança de quelques pas avant de s'immobiliser. Elle guettait dans la direction de Matthew. C'en fut trop pour lui ; il fuit, fuit encore jusqu'à ce que ses jambes ne le portassent plus. Il approchait alors du village et bientôt, son hôtel lui offrirait un abri. Là, il s'enfermerait à double tour et attendrait l'aube avec une impatience folle. Il n'oserait même pas quitter sa chambre pour se réfugier dans celle d'Edward, car il lui semblait que cette forme humaine pouvait l'attendre sur le palier.

Sally.

10.

— J'ai besoin de te parler, annonça Edward en faisant irruption dans le hall d'accueil de l'hôtel en début d'après-midi.

Le nez dans la paperasse, Matthew finit par lever la tête et le considéra d'un œil intrigué.

— Ça n'a pas l'air d'aller, toi.

— Eh bien...

Ed hésita, regarda autour de lui à plusieurs reprises, prêt à vérifier que nul ne se cachait sous le sofa ou dans l'angle cassé de l'escalier.

— Hier, j'ai discuté avec James, tu sais, le photographe. C'est en partie ce qui m'a motivé à partir.

— James Nesbitt, oui. Et après ?

— Il m'a mis un de ses clichés sous le nez. Il m'a aussi fait promettre de n'en toucher mot à personne, sauf que je ne saurais pas garder ça pour moi. C'est... c'est... je n'ai pas de mots pour le décrire.

Matthew s'empressa de faire le tour du comptoir pour rejoindre son ami.

— Il t'a abordé juste pour une photo ?

— Pas n'importe laquelle. Il y avait...

Edward reprit son souffle avant de poursuivre. Ses explications étaient brouillonnes, aussi espérait-il que Matthew suivît. En tout cas, il montra une parfaite attention à son égard et ceci le rassura. Il recommença depuis le début en tâchant d'ordonner le fil de ses pensées, puis attendit que l'hôtelier acquiesçât pour signifier qu'il avait compris.

— J'ai déjà vu ce genre de silhouette, annonça celui-ci d'une voix grave qui inquiéta Edward.

— Où ça ?

— Ma mère adorait me prendre en photo quand j'étais enfant, mais il y avait quelquefois ce... cette forme indistincte qui murmurait à mon oreille. Ce sont elles que je brûlais, l'autre jour. Je vais demander à James de tirer mon portrait, nous serons fixés.

— Non !

Matthew prit la main d'Edward dans la sienne.

— Tu redoutes ce que l'on y découvrira, tu as peur, je le conçois, mais j'ai besoin de savoir. Et toi aussi.

Ed ouvrit la bouche pour répliquer, mais son amant lui coupa la parole.

— Si, si. Crois-moi.

Il raffermit son étreinte et posa le front sur celui d'Edward.

— C'est bon. Par contre, tu m'as dit que la silhouette était penchée sur le ventre d'Amanda ? s'assura-t-il en se redressant.

— Oui, ça n'a aucun sens. On ne murmure pas à...

Edward s'interrompit. Une ombre passa sur son visage.

— À moins que...

Les prunelles de Matthew s'illuminèrent d'un éclat nouveau. Lui aussi venait de réaliser.

— À moins qu'Amanda soit enceinte, auquel cas cette *chose* parlerait à son fœtus, compléta-t-il d'une voix blanche.

11.

Matthew marchait d'un pas rapide, la tête baissée et l'échine courbée. Un filet de sueur froide lui dégoulinait entre les omoplates. Il avait quitté l'hôtel à toute vitesse, Edward tentant de le retenir, sans succès. Matthew n'aurait pas su conserver son calme devant lui, il aurait forcément craqué, car il commençait à comprendre ce qu'il se tramait : les sorties nocturnes de sa mère, son père qui l'entendait crier au secours, les plumes, les traînées blanchâtres sur les photographies... Les larmes piquèrent les yeux de Matthew, un sanglot remonta dans sa gorge. Il le ravala en prenant une profonde inspiration.

Il rencontrait la même situation que sa mère et ce phénomène touchait aussi Amanda. Il était différent.

Différent.

Il ne le souhaitait pas.

Edward l'attendait à l'hôtel et se faisait sûrement un sang d'encre. Il avait renoncé à le suivre, une merveilleuse preuve de confiance, mais honnêtement, Matthew aurait préféré qu'il insistât et l'accompagnât parce qu'il s'apprêtait à commettre un acte qui le terrifiait plus qu'une tempête sur Taily Fair, plus que son isthme. Quand James reviendrait avec son cliché développé à la main, le cœur de Matthew ferait un bond énorme et pourtant, il devait savoir.

L'hôtelier grimpa la petite marche de la maison de James et leva la main pour frapper. La porte s'ouvrit sur une Johanna fatiguée et à l'air peu accueillant.

— Si vous désirez parler à James, il est souffrant depuis l'incident sur la plage.

Matthew retint un soupir agacé.

— Allons, nous savons tous les deux qu'il est tétanisé à l'idée de sortir, pas souffrant.

Il se glissa entre le battant et la jeune fille, qui n'opposa aucune résistance et se contenta de le suivre à la trace jusqu'à la cuisine.

— Je vais attendre ici, indiqua-t-il en prenant un siège. Dis-lui de me rejoindre.

La bouche de Johanna se tordit en un rictus qui lui conféra une apparence encore plus antipathique que d'habitude. Matthew la regarda s'éloigner, puis disparaître dans l'escalier, lequel était visible depuis sa position. Enfin, il perdit les yeux au-delà de la fenêtre. Une rangée d'arbustes empêchait de voir depuis la rue ce qu'il se passait dans la maison et vice-versa. Matthew regretta ce mur végétal parce qu'il aurait aimé surveiller l'arrivée d'Edward s'il venait. L'instituteur savait ce à quoi pensait Matthew et n'aurait aucun mal à le trouver s'il le voulait.

S'il le voulait. Sans doute préférait-il encore attendre sur son siège, celui que ses fesses commençaient à imprimer d'une marque tenace.

L'escalier craqua à l'autre bout de la maison et Matthew ne tarda pas à reconnaître la silhouette grande et maigre de James. Celui-ci renifla et traîna un peu les pieds, peut-être pour se donner un air maladif.

— Johanna m'a arraché à mon lit et je vous trouve là, chez moi, confortablement installé à ma table. C'est une mauvaise plaisanterie ?

— Vous n'êtes pas souffrant, se contenta de déclarer Matthew.

— Ah non ?

James tira une chaise vers lui pour s'y installer. Il posa les mains à plat sur la nappe et fixa son hôte indésirable.

— La photographie, enchaîna ce dernier. Celle d'Amanda.

— Très joli modèle.

— N'essayez pas de vous contenir, je suis au courant pour les traînées blanches. Une, en particulier.

James déglutit. Ses longs doigts chétifs tapotèrent un peu la table.

— Nerveux ? poursuivit Matthew avec un faux ton malicieux. Je comprends.

— Vous vous êtes déplacé chez moi pour… ça ? C'est sans doute ce qu'on appelle de la compassion, non ?

— Prenez-moi en photo. Au même emplacement qu'Amanda.

James agrandit les yeux de surprise.

— Pour… quoi ? hésita-t-il.

Un vide s'installa dans la conversation et Matthew n'eut aucune peine à saisir le cheminement de la pensée du photographe : en plus de se demander pour quelle raison Matthew lui formulait une telle requête, il se posait des questions sur qui il était, comme Amanda, qu'il craignait. S'il s'avérait que Matthew subissait une malédiction identique à la sienne, la réaction de James pouvait virer au drame, surtout avec un alcoolique patenté. L'hôtelier s'efforça donc de conserver toute contenance et de ne pas céder à l'envie de creuser la distance.

— Un détail à vérifier, se justifia-t-il contre son gré.

— Vous êtes comme Amanda ? Ce truc, cette forme va apparaître à vos côtés ?

— Possible.

Matthew frémit à cette perspective, mais aussi à celle que James se mît en tête de détruire la menace qui occupait sa demeure. Inconsciemment, Matthew balaya la cuisine d'un regard. Pas de couteau qui traînait ni d'objet lourd susceptible d'assommer un homme. La pièce était parfaitement rangée.

— Finissons-en, lâcha James en se levant.

Matthew hésita.

— Je vous prends en photo, je la développe et on verra bien ce que ça donne.

L'hôtelier bondit presque, quasiment habité par un espoir neuf. Peut-être que le tirage ne révélerait rien ? Peut-être qu'en rentrant, il prendrait Edward dans ses bras avec un large sourire et qu'il ne le lâcherait pas de sitôt ?

Il avait les poumons en feu, l'estomac noué et les jambes vacillantes. Sa respiration s'emballait, sa gorge sèche l'empêchait d'avaler la quantité impressionnante de salive que produisait son organisme.

Le trajet jusqu'à l'ancien village, auréolé d'une faible lumière diurne, parut durer une éternité. James tenait fermement son matériel, Matthew sur ses talons. Le photographe marchait d'un pas hâtif. Pressé de découvrir le fin mot de l'histoire ? Matthew le supposait. À sa place, il n'aurait même pas osé cheminer jusqu'ici en compagnie d'une personne dont il ignorait s'il devait la craindre ou non. James avait déjà dû boire pour ignorer ainsi ses propres règles. Ou Amanda avait chamboulé sa vision des choses.

Matthew se raccrocha à elle, à son visage souriant qui flottait dans son esprit et se dit qu'il n'était pas seul dans cette galère. Il y en avait au moins une autre comme lui, mais connaissait-elle sa particularité ?

— Installez-vous là, ça fera l'affaire, commenta James en indiquant un gros caillou cerné d'herbe jaunie.

Matthew s'exécuta, attendit que son accompagnateur installât son nécessaire et le photographiât. Le vrai suspense commençait. Long. Insupportable.

CHAPITRE VII

1.

— Bon Dieu, c'est pas vrai ! jura James en jetant le cliché à travers la pièce.

Il avait envoyé Johanna dans sa chambre afin de ne pas avoir à se justifier s'il perdait la face, ce qui était précisément en train de se produire. Comme il le soupçonnait, Matthew appartenait à cette catégorie de personnes différentes, ainsi qu'Amanda. Il y avait ces traînées laiteuses à côté d'eux, sortes de présences fantomatiques. Combien d'autres étaient atteints ? Le village entier ? La moitié ? Une poignée d'habitants ? James pouvait-il se sentir encore à l'abri après cette découverte ? Pas le moins du monde. Surtout si Amanda ne se dépêchait pas de quitter son perron.

Il sentait la moutarde lui monter au nez, alors que la jeune femme insistait en frappant grâce au heurtoir. Elle l'appelait aussi. Il avait bien fait de se séparer de Johanna pour la journée ; il n'aurait pas supporté de devoir s'expliquer sur tout et n'importe quoi.

La tête lui tournait et les sons lui parvenaient de manière étouffée. Il titubait dans la cuisine quand ses doigts se fermèrent sur le manche d'un couteau. Il ignorait ce que l'objet faisait là, il était rangé, d'habitude. La maison respirait l'ordre. Toujours. James supposa une absence après le départ de Matthew. Il avait dû rester un bon bout de temps avec la photographie pincée entre le pouce et l'index, l'observer sous tous les angles en essayant de détecter la supercherie, mais il n'y en avait aucune. Pour preuve, il l'avait développée lui-même. Matthew attendait alors dans la cuisine. Cette pièce maculée de sang. D'où provenait-il ? Que s'était-il passé ?

Les coups à la porte d'entrée avaient cessé. James s'immobilisa devant pour la regarder longuement. Fermée, elle n'offrait qu'un mince barrage entre le photographe et le monde extérieur. Tout devenait si flou ! James crispa la main autour de son couteau, ensanglanté, lui aussi. Il le lâcha sous l'effet de la surprise. Un haut-le-cœur le déstabilisa, ainsi que des bribes de mémoire. D'abord, le visage déformé d'Amanda, la terreur dans ses yeux, un éclat terne. Ensuite, la paume de James sur sa bouche. Puis, l'odeur du sang, sa texture qui dégoulinait entre ses doigts, sur son bras et gouttait sur le sol de la cuisine. La scène enveloppée d'un silence que James jugea surréaliste. Amanda avait crié. Forcément. Pourquoi Johanna n'intervenait-elle pas ? Il fallait aider Amanda ; elle ne s'en sortirait pas. La lame… qui pénétrait la chair comme du beurre et ressortait. Une fois. Deux. Plus ?

Plus.

Tellement.

2.

Edward martelait son accoudoir d'un index furieux quand Matthew rentra enfin, à la nuit tombante. Les épaules basses, le visage fermé et la démarche de son ami lui indiquèrent que, comme prévu, ça n'allait pas. Quand il franchit le seuil de l'hôtel, d'abord, il refusa de parler et s'installa dans la cuisine. Muré dans le silence, il ne prêta aucune attention à Edward qui, au bout d'un moment, finit par renoncer, blessé dans son orgueil et sa sollicitude. Il reprit alors position sur son fauteuil, près de l'entrée, et se contenta de maugréer dans son coin. Il maudit le monde d'être ce qu'il était, et l'humain de se révéler si borné. Puis il se haït pour sa vulnérabilité quand il appréciait les gens. Il ne croyait pas le genre humain bon ou mauvais de manière innée. Il le devenait, mais Matthew, lui, glissait vers un état de bêtise absolue, à vouloir à tout prix gérer seul la situation.

— Tu n'es pas obligé de parler, mais tu pourrais au moins ne pas m'ignorer, reprocha-t-il en revenant auprès de son amant.

Il posa la main sur son épaule. Celui-ci la saisit avant de la serrer fort. Edward dissimula son étonnement, mais son cœur bondit de soulagement. Même si problème il y avait – car il l'ignorait toujours –, le dialogue n'avait pas l'air impossible. Il ne s'attendait pas à un tel revirement en envoyant balader son objectif de laisser Matthew se morfondre et de comprendre son attitude égoïste.

— James a développé la photo de moi, articula l'hôtelier.

Ed ne voyait pas son visage, mais ne demandait pas mieux. L'affronter du regard nécessitait un courage qui le quittait peu à peu.

— Traînée blanche, dit-il seulement. Une seule. Penchée à mon oreille. Elle… murmure.

Il y eut un silence laconique qu'il s'empressa de briser, poussé par une soudaine volonté à vider son sac.

— J'entends des voix, tu sais ? Enfin, une seule. Depuis toujours.

Edward ouvrit la bouche pour répliquer, n'importe quoi, pourvu que Matthew cessât de parler de ça.

— Non, écoute-moi.

Matthew se leva pour lui faire face. Son expression assurée acheva de réduire les efforts d'Ed à néant. Il obéit.

— Je crois que cette voix a un lien avec la silhouette sur la photo. Je crois qu'elle me raconte des choses.

— Lesquelles ?

— Tu n'aimerais pas savoir.

Edward retint une objection acerbe qui consistait à tirer un trait sur Matthew et sur les problèmes qu'il refusait de partager, mais sa curiosité le poussait à attendre la suite. Au point où il en était… Sauf que Matthew se retira sans un mot rassurant pour son hôte, qui rejoignit son fauteuil pour guetter le passage de gens qui ne viendraient jamais.

Il ne fut pas certain de ce qu'il apercevait au pas de la porte d'entrée, aussi hésita-t-il longuement avant d'oser sortir. Il posa une main agitée sur la clenche et ouvrit à la volée. Quand il baissa les yeux, une expression d'horreur figea ses traits. Une masse humaine rampait difficilement et tendait un bras suppliant dans sa direction. Il s'agenouilla pour relever une mèche imbibée d'eau qui collait au front d'Amanda. La terreur qu'il lut dans le regard de la jeune femme l'effraya un instant, puis il se ressaisit.

Il remarqua, à la lueur de l'ampoule de l'entrée, que les doigts d'Amanda affichaient une couleur rouge visqueuse peu engageante. Elle était blessée, mais où ? Il l'aida à s'asseoir, glissa les bras sous ses aisselles et la souleva comme il put pour la ramener à l'intérieur. Une toux secoua Amanda ; un filet de bave et de sang dégoulina entre ses lèvres. Sa respiration était rauque, haletante. Sa poitrine se soulevait. Pourtant, Edward ne distingua aucune plaie au niveau de la gorge ni de la cage thoracique. Ce ne fut que quand elle ôta la main de son ventre qu'il réalisa. Une tache grandissante nimbait sa robe déchirée en plusieurs endroits. Des coups de couteau, à n'en point douter.

Un vertige déstabilisa Ed et un flot acide de bile remonta dans sa gorge. Il s'efforça de ravaler afin de prêter assistance à Amanda, qui toussait de plus belle. Elle crachait trop de sang !

— Merde, merde !

Edward se passa une main sur le front, puis aida la malheureuse à s'asseoir, mais le temps de la hisser sur le fauteuil, elle avait déjà rendu son dernier soupir. Tétanisé, Ed la considéra longuement. Son cœur battait de manière désordonnée, ses jambes flageolaient.

— Amanda ? l'appela-t-il d'une voix douce. Am...

L'arrivée de Matthew dans la pièce lui fit complètement perdre ses moyens. Il tomba à genoux, la main d'Amanda dans la sienne.

— C'est pas moi, murmura-t-il tandis que son ami vérifiait le pouls d'Amanda.

— Morte.

— C'est pas moi.

— Je le sais bien ! Relève-toi.

— Je...

Edward hocha la tête sans conviction, agrippa l'accoudoir et se releva. Matthew le prit aussitôt dans ses bras pour s'assurer qu'il tiendrait debout.

— Je n'ai rien fait pour l'aider, articula Ed.

— Je ne suis pas certain qu'il y avait quoi que ce soit à tenter.

— Je l'ai trouvée devant la porte. Elle... rampait et je ne l'ai pas reconnue tout de suite.

Matthew renforça son étreinte autour de la taille de son amant et posa une main à l'arrière de son crâne pour lui caresser les cheveux.

— Tu as eu peur, c'est normal.

— Je ne devrais pas. J'en ai vu d'autres ! Ça me rend malade de rester impuissant.

— Eh !

L'hôtelier saisit Edward par les épaules et le repoussa sans hâte. Sourcils froncés, il le fustigea du regard.

— Avec tout ce qu'il te tombe dessus, je t'interdis. Les habitants l'ont mauvaise, ici. Ils ne t'apprécient pas et ne manquent d'ailleurs jamais une occasion de te le faire comprendre. En plus, tu es une sorte de pédophile qui enlève leurs gamins, pour eux.

— Je ne suis pas un pé...

— Moi, je le sais. Eux aussi, au fond. Sans doute. Ils ne sont pas méchants, ils veulent juste se protéger.

— Mais qui me protège, moi ?

Pour toute réponse, Edward récolta un baiser de son amant qui en dit long sur le sujet.

— Il faut prévenir le médecin, maintenant, déclara Matthew. Et le prêtre. Attends-moi ici.

Ed acquiesça. De toute façon, ses jambes ne l'auraient jamais porté où que ce fût... L'hôtelier attrapait son manteau, près du comptoir, quand Edward nota un pli qui dépassait de sous le paillasson de l'entrée. Sa gorge se noua tandis qu'il décachetait l'enveloppe.

Pas moi ! songea-t-il.

Le maigre espoir qu'il lui restait s'envola en fumée quand il reconnut l'alignement de lettres imprimées découpées dans des ouvrages.

— Edward et Matthew, lut-il. Quelqu'un sait.

— Quelqu'un sait quoi ? retentit la voix de Matthew.

Ed lui tendit le courrier quand il approcha.

— Oh, non. Fais-le disparaître tout de suite.

— Tu crains qu'il tombe entre de mauvaises mains ?

— Ça, et surtout, qu'il reste entre les tiennes à longueur de temps. Tu vas te concentrer là-dessus et en oublier que c'est toi, la victime, dans cette histoire.

Matthew n'avait pas tort. Edward avait le chic pour transférer ses ressentis sur les autres. Bientôt, il expliquerait qu'il n'avait pas à imposer la vue de ses amours aux autres habitants de l'île. Son ami le connaissait plutôt bien.

— Fais-le disparaître, répéta-t-il en durcissant le ton. Moi, je me dépêche.

3.

Le soir même, tout rentrait dans l'ordre. Le médecin avait constaté le décès, puis on avait débarrassé l'hôtel du corps d'Amanda, mais Edward ne parvenait pas à quitter des yeux le fauteuil dans lequel elle avait lâché son dernier souffle. Il y avait l'empreinte de sa mort incrustée dedans. Matthew apportait régulièrement de la tisane à son hôte pour le calmer et lui proposait de marcher un peu. La peur de l'extérieur et des autres aidant, Edward refusait systématiquement, tant que Matthew renonça.

Il n'en montrait rien, mais l'inquiétude le gagnait. Les ragots circulaient vite dans un village. Dès que les gens apprendraient le meurtre d'Amanda – car il s'agissait bien de ça –, ils auraient tôt fait d'incriminer Edward.

Le soleil terminait sa lente chute, tandis qu'au loin apparaissait la lune, presque transparente encore. Un hurlement déchira la nuit naissante, à demi craintif et à demi douloureux.

Matthew marchait depuis longtemps, une heure ou deux. Plutôt, il tournait, sur les falaises. La tempête ne l'effrayait pas, il avait connu pire. Si la mer restait impraticable, il y avait eu des jours où le vent le dissuadait de mettre le nez dehors. Ce soir, bien couvert, il ne risquait rien. Il avait besoin d'espace pour ne pas ressasser la mort d'Amanda. Quand il attendait à l'hôtel avec Edward, la réalité lui sautait au visage. L'air froid le revigorait et relançait ses pensées les plus positives. La situation ne pouvait plus durer, il fallait prendre une décision. Difficile, elle sauverait néanmoins quelques vies. Au moins deux.

Le chemin du retour parut s'éterniser. Matthew avait la tête ailleurs, mais sa raison, ou son instinct de survie le força à stopper quand une silhouette tassée sur elle-même se dessina parmi les volutes de brouillard. À quelques mètres de lui.

À quelques mètres du mal. Il le savait. Le devinait. Le sentait.

Il distingua une tête sur un corps. Humain. En tout cas, il en avait les proportions. Impossible de dire s'il s'agissait d'un enfant, d'une personne de petite taille. Elle se déformait. Une masse indéfinie cherchait à sortir de son visage, l'étirait, le renfrognait. D'un clignement de paupières, elle disparut dans un bruissement.

Une petite main s'abattit sur l'épaule de Matthew. Il fit volte-face et manqua tomber à la renverse. Un bec le frôla, lui caressa les yeux. Une haleine fétide s'en dégageait. Matthew retint son souffle désordonné. La créature le détaillait de ses rétines étincelantes. D'interminables plumes couvraient ses bras, dont il apercevait un peu le squelette. Seul son corps avait conservé une apparence humaine. Ses habits intacts la gênaient dans ses mouvements. Elle entrouvrit le bec. Un son faible et rauque s'en échappa. Très vite, elle se plia de douleur. Elle gémit. Impuissant, Matthew perçut une issue de secours. Il se baissa pour traverser le rideau de plumes multicolores et fuit à travers la lande.

4.

Son pull imbibé de sueur collait à la peau de Nora. Des spasmes secouaient son corps fatigué. Elle errait sur les falaises, essoufflée. La lune éclairait à peine son chemin. Elle n'avançait pas à tâtons, elle connaissait les lieux sur le bout des doigts. Au fil de ses pas, le rythme de ses pulsations augmentait, prêt à faire imploser sa poitrine brûlante. Son crâne lui faisait souffrir le martyre. Ses joues étaient en feu malgré la pluie. Nora luttait. Corps et âme contre l'irrépressible envie de continuer. Ses jambes menaçaient de se dérober, et en dépit de la peur qui lui tenaillait les tripes, elle mettait un pied devant l'autre, puis recommençait. Elle ignorait ce qu'elle fabriquait là, mais ses voix lui chamboulaient les idées. Elles savaient.

Nora dégageait une odeur pestilentielle qui lui donnait la nausée. Un bruit dans son dos, discret, attira son attention. Sally et

Emily attendaient avec une patience d'or. Une patience qui insupportait la vieille dame. Elle avait attendu si longtemps. Toute la rage jusqu'alors refoulée monta en elle d'un coup. Elle pinça les lèvres, serra les dents. Ses muscles tirèrent si fort qu'ils menacèrent de déchirer la peau. Les vaisseaux gonflèrent. Nora hurla en titubant vers les fillettes. Un cri retentit, semblable à une délivrance momentanée.

Sa propre métamorphose achevée, Nora attendit un instant au bord de la falaise, ses pieds nus à moitié dans le vide. Elle déploya enfin ses ailes, avant de prendre son envol vers un grand brasier, dans la vallée, imitée par les deux enfants.

5.

Des flammes de plusieurs mètres de haut léchaient jusqu'aux fenêtres de l'étage. Un rideau de feu obstruait la porte. Edward avait vu l'incendie depuis l'hôtel et à mesure qu'il approchait, température et clarté augmentaient. Devant la propriété, Johanna toussait, prise en charge par une Mrs Letterford terrorisée qui la serrait dans ses bras. Des habitants formaient une chaîne jusqu'au puits le plus proche. Les seaux défilaient à une vitesse, hélas, insuffisante. Les bras manquaient et Ed avançait pour proposer son aide quand on le tira en arrière.

Un éclair perdu dans le ciel lui permit de voir de qui il s'agissait. Le roulement du tonnerre succéda longtemps après, puis une averse tomba comme pour atténuer le feu. Le brillant d'une lame apparut dans la nuit.

Le vent fouetta le visage ruisselant de pluie d'Edward. Le souffle court, il luttait contre la poigne douloureuse d'Abigail Barton, mais la rage donnait à la veuve une force insoupçonnée.

Une main vissée autour de son poignet et l'autre accrochée à sa ceinture, elle forçait Ed à avancer dans la fange et les herbes folles. Les semelles de l'instituteur glissaient sur le sol, alors qu'il tentait de ralentir Abigail. Il ignorait ce qu'elle lui voulait et franchement, il ne désirait pas vraiment le savoir non plus.

Elle le tirait depuis, quoi ? Deux minutes ? Trois, peut-être. Une douleur se déclara dans les jambes d'Edward, à force d'opposer une résistance. Il cria, mais les rafales couvrirent sa voix et de toute évidence, Abigail ne se trouvait pas en mesure d'écouter. Ed espéra alors que Matthew l'ait entendu protester tandis qu'il entrait dans l'hôtel. Il pria fort pour que ce fût le cas.

Sa nuque restait endolorie par le coup reçu. Vaguement sous le choc, il se laissa entraîner sur encore quelques mètres avant de protester de toutes ses forces.

— ABIGAIL ! hurla-t-il.

Elle fit volte-face, les traits déformés par la colère, les yeux injectés de sang et les lèvres pincées. Elle le gifla, une fois, deux, puis raffermit son étreinte. Edward résista de plus belle. Le nœud niché au creux de son estomac ne lui disait rien qui vaille. Son instinct de survie pressentait une issue qu'il préférait ne pas connaître.

D'un geste sec, il dégagea son bras avec succès, mais Abigail tira de plus belle sur la ceinture. Déséquilibré, Ed tomba à genoux dans une flaque d'eau saumâtre. Le froid l'engourdissait, il était désespéré. Il se releva aussi vite que possible. Une main ferme le retint. Il dérapa en avant, la face contre le sol trempé.

Une pression sur le cou le contraignit à rester le nez dans la flaque, alors qu'il se redressait. En manque d'oxygène, il agita les bras et se démena pour échapper à l'asphyxie. Il inhala de la boue, toussa. Des lumières blanches papillonnèrent devant ses yeux. L'espace d'un instant, il ne perçut plus aucun son. La pluie qui dégringolait sur son dos, dans ses cheveux, les battements de son cœur... Le dépôt de terre sous sa langue ne le préoccupa plus. Pendant une seconde ou deux, le déroulement des faits lui échappa. Son propre sort l'indifféra. Et puis, Abigail relâcha la pression sur sa nuque. Les mains à plat devant lui, l'échine courbée, il eut l'impression de cracher ses poumons. Un jet de larmes roula sur ses joues pour se mêler à la pluie. On ne les voyait pas, mais leur goût salé au bord de ses lèvres ne laissait aucun doute sur leur existence. Il ne les retint pas. Abigail l'empoigna par son col et le força à se remettre debout. Il se hissa sur les deux brindilles qui lui servaient de jambes, frêles et tremblantes, sans vraiment le réaliser. Du reste, il ne se rendait plus compte de grand-chose, ni du nombre de mètres parcourus ni du temps écoulé.

Il voulait rentrer, se réfugier dans l'hôtel, puis fuir cette île maudite, mais les forces lui manquaient terriblement. Les muscles de son dos tiraient, le froid lui ankylosait les bras. Abigail continuait de l'entraîner loin du village et quand les ruines se dessinèrent, en bas du sentier qu'ils venaient de dévaler, Edward redouta le pire. Il n'existait pas plus isolé que cet endroit, sur Taily Fair. On ne s'y risquait pas ; seul James avait su en immortaliser la beauté, mais à quel prix ? Amanda. Morte. Et lui, bientôt dans le même état.

Il hurla. Malgré la peur au ventre, la gorge nouée et la possibilité d'un nouveau coup, il parvint à hurler. Il gonfla sa poitrine, permettant à un cri désespéré et terrifié de trouer le presque silence du crépuscule. Aucune gifle ne tomba cependant.

Abigail ne l'attaqua pas, mais l'agrippa plus fort encore par la ceinture, les ongles plantés dans la chair d'Edward.

— Vous... me faites mal, balbutia-t-il, à bout de souffle.

Il se remémora le soir où elle l'avait invité à prendre le thé, son visage non pas serein, mais au moins bienveillant. Il aurait pu jurer d'elle, jamais il n'aurait pensé qu'un regard si doux pût couver une telle soif de haine.

Abigail l'attira un peu plus vers les vieilles maisons, vers ce qu'il en restait et à l'abri d'un haut mur qui protégeait du vent, elle le poussa à terre. Il se roula aussitôt en boule, les doigts noués autour des genoux, le corps parcouru de spasmes impossible à calmer. Que comptait-elle faire, à présent ?

Edward compta les secondes pour essayer de se ressaisir, mais ça ne suffisait pas. Il lui aurait fallu fermer les paupières et ceci, il ne le voulait à aucun prix. Il devait garder un œil sur tout. Chaque geste pouvait s'avérer décisif. Si une hésitation lui permettait de fuir ? Si quelqu'un, n'importe qui, lui tendait une main charitable ?

Une main apparut effectivement dans son champ de vision, mais pour s'écraser sur sa joue. D'autres larmes coulèrent, non dissimulées, cette fois. Le choc fit bourdonner ses oreilles. Sonné, Ed ne résista pas quand Abigail le releva et le plaqua contre les pierres coupantes. La pointe de l'une d'elles se ficha entre ses omoplates. Il avança le buste pour se soulager de la douleur. La veuve le repoussa, une paume plaquée sur le torse. Un liquide dégoulina jusqu'au creux des reins d'Edward, mais il était trempé jusqu'aux os et hésitait entre la pluie, le sang ou un mélange des deux. Si proche d'Abigail, il la vit alors. Brillante, ruisselante, une lame vint lui chatouiller la gorge. Il retint sa respiration. Les battements affolés de son cœur martelaient sa poitrine. Ses poumons brûlaient.

La pointe du couteau descendit le long de son bras, glissa sur le flanc gauche avant de gratter la braguette. Abigail ne prononça pas un mot, le regard plongé dans celui d'Edward. Happé par tant d'animosité, celui-ci se figea. Il en arrivait à ne presque plus respirer, la crainte qu'un faux mouvement lui valût une mort certaine l'en dissuadait.

Il déglutit. Le temps se suspendit dans l'air.

Il prit à Edward la folie subite de contrer la menace que représentait Abigail. Il la saisit par les poignets, pressa autour de la peau charnue en serrant les dents. La bougresse s'accrochait à son arme, dont le métal ripa sur le bras d'Ed. Il poussa un cri de surprise. Plus de peur que de mal. Sans lâcher prise, il repoussa encore Abigail jusqu'à ce qu'elle l'immobilisât d'un coup de genou bien senti dans le ventre. Elle enchaîna avec son poing, qui s'écrasa dans les côtes de l'instituteur. Le souffle coupé, il se tordit en deux. Abigail passa la lame sous la gorge d'Edward.

— Pas. Bouger.

Ed osa à peine remuer la tête pour acquiescer. Chaque cellule de son corps répondait à l'appel de la panique. Tenter une fuite, pourquoi pas, mais à quel prix ? Abigail était assez détraquée pour le blesser mortellement et s'acharner encore après sur sa dépouille. Par ailleurs, il avait les jambes alourdies par l'état dans lequel il se trouvait. Alors, quoi ? Il attendait que ça se passe ?

La veuve enfonça légèrement la pointe du couteau près de la carotide d'Edward, puis cueillit sur l'index une goutte de sang qui perlait.

— Vous leur faites quoi aux gamines que vous enlevez ? murmura-t-elle en se collant au jeune homme.

Son haleine caressa le menton d'Ed, tandis que l'arme lui effleurait à présent le nombril. D'une main habile, elle défit la braguette de celui qu'elle considérait comme sa proie avant d'insinuer la lame dans son entrejambe. Le cœur d'Edward se souleva, ses jambes menaçaient de se dérober.

— Ne me touchez pas, articula-t-il entre deux sanglots retenus.

— Comme vous n'avez pas touché Sally ?

— Je ne lui ai... rien fait.

Abigail lui cracha au visage. Sa salive dégoulina sur les lèvres de l'instituteur, dont les épaules s'affaissaient un peu plus à chaque incrimination. Le couteau s'enfonçait davantage dans son pantalon et remontait vers son sexe. Aucun doute sur les intentions d'Abigail ne planait désormais. Un écoulement chaud acheva de couvrir Edward de honte quand d'un mouvement sec, elle descendit ses vêtements.

Une silhouette se profila dans le dos d'Abigail et Ed puisa enfin dans ses maigres ressources le courage de fermer les yeux. Il ne voulait pas voir ça.

Il y eut un bruit sourd, puis plus rien. Ni souffle sur son visage, ni lame sur sa chair. Une légère brûlure sur le pubis attira son attention et quand il baissa enfin le visage, il nota une petite coupure. Quelqu'un, un homme accroupi à ses pieds, remontait son pantalon. Sur sa gauche gisait Abigail, sans connaissance.

— Rhabille-toi, l'enjoignit une voix familière.

Edward mit un certain temps avant de reconnaître celle de Matthew.

— Je suis... mouillé, bredouilla-t-il.

Les larmes commençaient à lui imbiber les yeux. Ses lèvres tremblèrent.

— Oh, Edward.

L'intonation de Matthew entama les restes de volonté du jeune homme, qui éclata en sanglots.

— Elle voulait..., essaya-t-il de parler entre deux tremblements. Elle voulait...

— Je sais. Maintenant, remets tes vêtements et aide-moi à faire disparaître le corps.

C'en était trop. Il hocha la tête par la négative, nerveux, accablé par tout ce qui venait de se produire et par ce que lui demandait Matthew.

6.

Edward tremblait de tous ses membres et Matthew avait conscience de ce qu'il lui demandait, surtout après ce qu'il venait de subir, mais ils n'avaient pas le choix, ni l'un ni l'autre.

— Écoute-moi, ordonna-t-il en prenant son amant par les mains. Si tu ne m'aides pas, les habitants pourraient retrouver le cadavre et décider de me lyncher. On ne sait pas ce qui pourrait arriver. Je ne peux pas mourir. Tu ne veux pas mourir, alors prends au moins les jambes pour qu'on transporte le corps.

Ed bafouilla.

— Je me chargerai de creuser, de déposer Abigail au fond du trou...

Matthew adopta un ton presque suppliant. Il se reprochait les arguments qu'il présentait à Edward. Ils n'avaient rien de mensonger. En admettant que quelqu'un découvrît effectivement la mort d'Abigail, les accusations se porteraient sur Ed. Après avoir enlevé – et sans doute assassiné – la fille, voilà qu'il s'en prenait à la mère ! Réaction logique, surtout de la part d'habitants vivant en petite communauté depuis de très longues années. Inconcevable pour eux d'imputer la faute sur quelqu'un qu'ils connaissaient depuis toujours ! C'était tellement plus pratique de calomnier le nouveau, le citadin, celui qui avait toujours l'air un peu dans la lune et donnait l'impression de marcher sur des œufs. Avec une attitude pareille, il était forcément coupable. Nora, qui entretenait d'étranges conversations avec ses voix, ne correspondait qu'au schéma type qu'on se faisait d'une folle. James préservait un rapport étroit avec le whisky parce qu'il enchaînait les coups durs et pas une fois, on ne le soupçonnerait d'avoir commis une atrocité quelconque sous l'effet de l'alcool. Léonie habitait en recluse avec son fils et chacun, sur cette saloperie d'île, supposait qu'elle avait tué ses trois nourrissons avant de les enterrer de ses propres mains, mais là encore, on lui donnait des circonstances atténuantes. La démence avait bon dos sur Taily Fair et Matthew aurait dû se douter qu'Edward n'y ferait guère de vieux os. Il avait été égoïste de souhaiter retrouver son amant d'une nuit en espérant plus. Égoïste et terriblement inconscient.

— Edward, reprit-il d'un ton ferme.

— Les jambes. Oui.

Ed se baissa et s'exécuta en enchaînant les gestes mécaniques. Son regard vide et son visage maintenant inexpressif traduisaient un manque de compréhension de sa part. Il ne réalisait plus, enfermé dans une espèce de bulle pour se protéger. Matthew retint un mot d'excuse, car tout ce qui arrivait à Edward était sa faute. S'il l'avait laissé à Londres, s'il ne lui avait pas proposé de

214

l'héberger à l'hôtel, Ed se remettrait difficilement de la guerre, mais personne n'aurait essayé de le tuer avec un couteau et il ne serait pas là, trempé d'eau et de sueur, à porter le cadavre d'une femme qu'il n'avait même pas tuée.

Ils descendirent vers la côte, là où les falaises empêcheraient à quiconque de remarquer la lampe de Matthew, comme lui avait aperçu celle d'Abigail.

— Attends-moi ici, dicta-t-il. Je reviens avec une pelle.

Il n'attendit pas qu'Edward approuvât. Manque de temps et le vent qu'il avait dans le nez le ralentirait jusqu'à son établissement.

Il tâcha d'accélérer le pas, dans la nuit noire. Sa torche abandonnée auprès d'Ed lui manquait au milieu de ces intempéries. Quelle histoire insensée ! Lui, modeste hôtelier, s'apprêtait à faire disparaître une morte.

Il quitta l'ancien village pour gagner l'étroit sentier qui dégringolait depuis les habitations actuelles. Son pouls martelait ses tempes. Sa respiration s'emballait. Une douleur se nichait lentement sous son crâne, sourdait comme la tempête qui faisait rage sur Taily Fair. La perspective de tout ce qu'il restait à accomplir avant de s'occuper enfin d'Edward l'effrayait. Son ami requérait toute son attention, il était peut-être blessé. En tout cas, il risquait la pneumonie sous cette pluie battante. Sans parler du traumatisme qui imprimerait une marque indélébile dans son esprit. Matthew n'avait donc qu'une hâte : rentrer avec Edward.

Songer à lui renouvela les forces qui commençaient à l'abandonner. Il n'avait pas enduré le demi-quart de ce qu'avait enduré Ed et il se sentait déjà affaibli. Il réalisa combien le courage lui manquait quand, vidé de toute conviction, il trébucha sur une motte de terre et roula jusqu'au pied d'une dune. Il se hissa sur un coude ; la tête lui tournait, sa gorge piquait à cause du sable qu'il avait avalé.

Il perdit connaissance.

7.

Edward attendait depuis de longues minutes, à moins qu'elles ne fussent pas si étendues, mais que la fatigue les rendît interminables. Il gardait un œil constant sur Abigail, craignant qu'elle se réveillât soudain, qu'elle s'extirpât d'entre les morts pour le hanter. Il se fustigea en silence de penser à de telles inepties et puis il n'avait pas tué Sally. Il n'avait pas touché à un seul de ses cheveux. Pas un seul. Non.

Assis dans le sable, les genoux ramenés sous le menton et les bras noués autour des jambes, il se balança pour se réchauffer. Quelle bonne blague ! Avec le vent qui ne tombait pas et la pluie qui redoublait d'intensité à chaque instant, il ne sécherait jamais. Il s'agita de plus belle. Que fabriquait Matthew, enfin ? L'avait-il abandonné ? Edward frémit à cette perspective.

Abandonné. Avec un cadavre.

Un cadavre.

La mer se déchaînait presque à ses pieds. Les vagues s'écrasaient sur les rochers et le reste, tout autour, n'était que silence. Le décor ajoutait au sordide de la situation. Exténué par tant d'attente, Edward finit par se mettre à creuser de ses ongles, même si le vent repoussait plus de sable que l'instituteur n'en dégageait à chaque bourrasque. Il gratta de plus belle, les doigts figés par le froid, la nuque raide et les cheveux collés par la sueur. Rien à faire, le vent rebouchait tout. Edward eut alors l'envie furieuse de hurler, mais retint son cri à temps. Ne pas se montrer, ne pas signifier sa présence dans les parages sous peine de ruiner ses efforts et ceux de Matthew.

Mais il a tué quelqu'un, pensa-t-il, amer.

En effet. Matthew avait cependant agi pour Ed, dans son intérêt. S'il n'était pas intervenu, le trentenaire gîterait au pied d'une falaise, raide mort.

8.

Des brindilles d'herbe chatouillèrent le nez de Matthew, qui émergea doucement de l'inconscience. Combien de temps s'était-il écoulé ? Un coup d'œil au ciel barré de rares traînées violacées indiqua que l'aube ne tarderait pas. Il restait peut-être une heure avant que le village s'éveillât.

Matthew bondit sur ses jambes et courut comme un dératé pour rejoindre la remise, derrière l'hôtel. Il récupéra une pelle, l'enveloppa dans un drap miteux et repartit sur la côte. Comment se portait Edward ? N'avait-il pas perdu la raison, à veiller ainsi une dépouille ? Se trouvait-il toujours sur place ? Un mauvais pressentiment gagna Matthew. Heureusement, chaque pas le rapprochant d'Ed nourrissait sa motivation, ainsi qu'il lui rendait un peu de sa logique. Dans son état, Edward n'aurait pu aller bien loin avec un corps sur les bras. À moins de l'avoir abandonné sur le rivage pour ramper jusqu'à son lit... Non, Matthew secoua la tête, peu convaincu par ces idioties. La fatigue le poussait à croire n'importe quoi et à réfléchir de manière sotte. Edward l'attendait avec Abigail, les pieds sans doute bordés par la marée haute, à cette heure.

Il pleuvait toujours, mais ce n'était plus que du crachin. Matthew supposa que la tempête était passée. Enfin. Le vent, lui, soufflait encore rudement et donnait du fil à retordre à Matthew, alors qu'il montait les côtes. Il traîna la pelle sur de longs mètres, creusant un sillon dans le sable mouillé et agrippant au passage quelques touffes de végétation. Les rafales le poussèrent tandis qu'il descendait la dernière dune, vers l'endroit où il devait retrouver Edward. Celui-ci, étendu, un bras en travers du torse, ne bougea pas à l'arrivée de Matthew. Cette vue le désorienta. Il abandonna son fardeau et se jeta à genoux auprès de son amant. Les mains disposées sur ses épaules, il le secoua doucement avant de s'apercevoir que sa poitrine se soulevait. Il poussa un soupir de soulagement.

— Edward, murmura-t-il en lui caressant les cheveux.

Ed cligna plusieurs fois des paupières avant d'émerger à peu près des limbes du sommeil. Il était si paisible quand il dormait que Matthew s'en voulût d'avoir dû le réveiller.

— Il aurait suffi de jeter le corps à la mer, marmonna-t-il en observant la houle.

Il se frotta les yeux, s'étira sommairement, puis se leva. Matthew remarqua bien qu'il titubait à cause de l'épuisement et des derniers évènements, mais il n'intervint pas. Son ami avait sans doute besoin d'être seul, comme lui après avoir appris la mort de ses parents. Il lui faudrait un temps d'adaptation et lui qui n'avait pas tellement foi en l'être humain, voilà qui n'arrangerait guère son point de vue. Quoi qu'il décidât après les incidents, Matthew respecterait son choix. Enfin, il croyait s'en montrer capable. Bien sûr, si Edward lui annonçait quitter l'île, il tenterait de le retenir. Encore une attitude égoïste, et pareil que la première fois en l'amenant sur Taily Fair, il se demanda brièvement quel tort rester ici pourrait-il lui causer. Il serra les dents pour s'éviter un juron de reproche. Cet endroit était le refuge du diable pour secouer ainsi la petite et paisible communauté ! Il y avait tout le mal du monde à vivre ici.

— Matthew ? s'enquit Ed avec une petite voix.

— Ça va passer.

Il ouvrit les bras et d'un signe de tête, lui signifia de se blottir un peu contre lui. Matthew hésita. Temps d'adaptation, tout ça.

— Je sais que je pue, mais j'en ai besoin, l'implora presque Edward.

Ses yeux défaits achevèrent de convaincre Matthew. Il s'en fichait pas mal qu'Ed empestât ; il était en vie et rien d'autre ne comptait. Il le serra autant que ses bras lourds le lui permissent.

— Abigail, elle croyait que... Elle me prenait pour un monstre, bafouilla Edward. Elle m'a accusé d'avoir...

Il repoussa son amant avec douceur et le fixa un instant.

— Elle m'a accusé d'avoir abusé de Sally.

Honteux, il baissa le visage. D'un geste délicat, Matthew repoussa la mèche qui tombait sur son front et la glissa derrière son oreille.

— Je ne l'ai pas... Je n'ai rien fait à cette enfant, assura Edward en relevant la tête.

— Je sais. J'ai assisté à certains phénomènes. Ils t'innocenteraient si je pouvais en parler, mais je passerais pour un fou. Je ne veux pas qu'on me considère avec le même mélange de pitié et de dédain que Nora ou qu'on me craigne comme Léonie.

— Alors...

Une ombre passa dans les prunelles d'Edward.

— Chut, lui intima Matthew en l'enlaçant une dernière fois. Occupons-nous du corps, nous discuterons après ; j'ai beaucoup de choses à te dire.

Il écarta Ed et se mit à creuser avec un sentiment curieux qui lui comprimait la poitrine. Il pensa à une colère particulièrement vive, puis comprit qu'il s'agissait de dépit. Après avoir enterré Abigail – car elle avait droit à une sépulture comme tout un chacun –, il s'apprêterait à commettre ce qui serait sans doute l'acte le plus terrible de sa vie. La tournure des évènements ne lui accordait aucune alternative. Il planta sa pelle de plus belle dans le sable et agrandit le trou jusqu'à ce qu'il devînt assez grand et assez large pour accueillir un corps. Il leva le nez vers le ciel presque orangé et essuya son front dégoulinant de transpiration d'un revers de manche. Enfin, quand les deux hommes se sentirent prêts, ils déposèrent la dépouille au fond de la fosse, allongèrent les bras d'Abigail le long de ses cuisses, puis Matthew reboucha.

9.

Edward regagna l'hôtel, à demi avachi sur l'épaule de Matthew. Si celui-ci souffrait de son poids, il ne s'en plaignait pas. Ed était conscient de son comportement misérable, car il n'intervenait pas beaucoup pour se ressaisir, mais il avait les jambes en coton, la poitrine en feu et il tremblait de froid. Sans parler de ce qu'il avait vu la nuit dernière, ce qu'il avait vécu, traversé et connu d'humiliation pour une vie entière.

De retour dans l'établissement, Matthew l'aida à se déshabiller.

— Tiens-toi à moi, indiqua-t-il, alors qu'il s'accroupissait devant lui.

De ses doigts mal assurés, il défit ceinture et braguette avant de glisser le pantalon jusqu'aux chevilles. Edward leva une jambe, puis l'autre, et Matthew se releva. Il le lava consciencieusement avant de jeter le linge, imbibé d'urine, de sueur et d'eau de pluie. Frigorifié, Edward gesticulait nerveusement d'un pied sur l'autre, les mains en coupe devant son sexe. Il se sentait confus de s'être fait dessus et maintenant, de laisser Matthew le savonner comme un enfant ou un impotent. Ed ne réagissait pas assez vite, mais il devait se reprendre. Relever la tête, le dos droit et le regard fier. Ne jamais afficher ses remords, car, après tout, il n'avait rien fait dans cette histoire. Il avait subi la folie et la fureur des Hommes.

— Tu ne parles pas ? demanda-t-il à Matthew, qui s'appliquait en lui frottant le dos.

— Tu présentes quelques blessures, mais rien de grave.

Il se laissa aller contre le torse de l'hôtelier, qui respirait vite et fort.

— Calme-toi, lui dit-il en posant la nuque sur son épaule.

Matthew glissa les mains autour de la taille de son amant et ils restèrent ainsi, immobiles, pendant une minute ou deux. Ed tremblotait de froid, mais cette proximité avec Matthew le rasérénait.

— Rhabille-toi, tu vas tomber malade.

Edward attrapa la serviette suspendue près du lavabo et s'y enveloppa, tandis que son ami le frictionnait vigoureusement. Une fois ses vêtements propres enfilés, Matthew lui prépara une infusion en lui prodiguant du repos. Le silence engloutissait tout, les pas dans l'escalier pour atteindre la cuisine, le sifflement de la bouilloire. Même les pensées d'Edward couvaient dans une généreuse couche de ouate. Il posa les paumes sur la grande tasse que lui apporta Matthew. Des effluves de thym envahirent la pièce.

— Assieds-toi, proposa Ed d'un ton qui pouvait passer pour un ordre.

L'hôtelier restait là, debout de l'autre côté de la table. Il ne prononçait pas un mot, n'avait pas un regard pour Edward ni un nouveau geste affectueux. Distant, il s'apparentait à une ombre au milieu de la cuisine, immobile et muette.

— Dans ce cas, discutons, enchaîna le trentenaire d'un ton faussement enjoué. Tu disais avoir à me parler. Tu as assisté à certains phénomènes, je crois.

Sa voix, qu'il voulait assurée, chevrota sur la fin.

— Tu vas dormir, avant, murmura Matthew.

Il contourna la table pour embrasser Ed dans les cheveux. Il lui caressa longuement la nuque, puis le poussa à finir son infusion. Edward s'exécuta avec cette docilité agaçante dont il rêvait de se débarrasser.

10.

La tempête avait enfin cessé et avec elle, les tourments de Matthew. Il venait de prendre une décision. Difficile, mais irrévocable, soutenue par la découverte du corps de James au pied d'une falaise, Johanna le veillant. Des brins d'herbe haute, écrasés autour, tentaient de se dégager de sous le cadavre. Le teint cireux, les lèvres entrouvertes comme s'il essayait de prononcer une ultime parole, James dormait à présent pour l'éternité.

L'image de la jeune fille agenouillée près du corps, la main entre les siennes, entama les restes de persévérance que Matthew entretenait bon gré mal gré. Il en avait fini de jouer les égoïstes et de vouloir retenir Edward sur Taily Fair contre sa volonté. Il n'existait aucun avenir sur l'île. Pour quiconque.

Matthew approcha et tendit la main vers Johanna. Elle leva un visage stoïque.

— Tu ne peux pas rester ici, déclara Matthew d'un ton plus grave qu'il l'aurait souhaité. Je te propose de te ramener sur le continent. En échange, tu raconteras une histoire à Edward pour moi.

Johanna le sonda de ses grands yeux clairs. Avait-elle le choix ? Aucun. Que l'attendait-il dans un endroit tel que Taily Fair ? Rien.

11.

Ed se réveilla avec une belle migraine et un léger brouhaha en fond sonore, qui ne correspondait pas au silence de Taily Fair. Quand il s'étira, il heurta un objet au bout de ses pieds. Un coup d'œil plus tard, il réalisa qu'il s'agissait de sa valise. Il se redressa. Son dos douloureux lui rappela les récents évènements, dont certains surnageaient tels des cauchemars dans la brume. L'instituteur comprit qu'il dormait sur un banc. Sur sa gauche, une locomotive crachait une légère fumée et les passagers montaient dans les wagons ou en descendaient. Le petit quai n'abritait qu'une poignée de gens, dont certains dévisageaient Edward.

Un visage familier apparut enfin dans son champ de vision, celui de Johanna. Il n'avait jamais lu tant de compassion chez elle. Elle lui adressa un maigre sourire au but réconfortant, puis déplia une lettre. En regardant par-dessus, Ed reconnut l'écriture de

Matthew. La jeune fille se mit à lire avec un détachement prodigieux.

— Je commencerai en précisant que Matthew est un homme bon, et peu importe ce que pouvait en penser mon frère sur la fin, votre ami n'a jamais cessé d'être cet homme bon. C'est la raison pour laquelle nous nous trouvons ici, à attendre le premier train de notre voyage vers Londres.

Sa voix flottait dans l'air, s'y perdait un instant, puis se réappropriait les lieux avec insistance. Elle résonnait sous le crâne d'Edward, dont le pincement au cœur devenait de plus en plus insupportable à mesure qu'elle poursuivait son récit.

— Il se passe des choses, sur Taily Fair, que vous n'oseriez pas imaginer : certains habitants se transforment en oiseaux à la nuit tombée et deviennent des naufrageurs. Ils empruntent les voix de proches et échouent les bateaux, comme le *Tristan*. Ils perdent les gens, comme vous, près de l'isthme. On parle dans la tête de ces personnes. Matthew vous a expliqué entendre des murmures dans la sienne, car il fait partie de ces villageois différents, et il suppose que l'enfant d'Amanda était voué à devenir l'un d'entre eux.

Johanna marqua une pause et se mordit la lèvre d'un air contrarié.

— Je vous lis tout ça, moi, mais qu'est-ce que j'en sais, au fond ?

Edward, jusqu'alors en position de faiblesse, se retrouva malgré lui dans le rôle de celui qui rassure. Il posa la main sur l'épaule de la jeune fille et nota l'incroyable tension qu'elle accumulait dans le dos et les épaules, sans le lui montrer. Matthew lui avait demandé l'impensable.

— Pourquoi toi ? articula Edward.

Matthew pouvait lui expliquer de vive voix et répondre à ses questions. Il pouvait se montrer présent, au lieu de fuir à nouveau !

— Nous avons passé un accord : il garde mon secret et je m'occupe de vous en échange.

— Ton secret…

— Je suis le corbeau de l'île ; je peux bien vous le dire, après ça, nous ne nous reverrons plus.

— C-Comment ?

— J'ai étudié les gens, vous, Matthew, mon frère. Je vous ai tous écoutés. Les gens parlent souvent s'en sans rendre compte.

Toute compassion à l'égard de Johanna s'envola. Ed se fit violence pour ne pas l'invectiver. Cette petite peste avait contribué à rendre sa vie infernale sur Taily Fair et Matthew lui avait demandé de veiller sur lui.

— J'avais besoin d'attention, je suppose, dit-elle d'une voix blanche. Mais j'ai payé, d'une certaine manière, puisque mon frère s'est jeté d'une falaise.

L'instituteur mit un terme à la conversation. Il ne désirait pas en discuter, finalement. Essayer de comprendre nourrissait sa migraine.

Il n'avait pas besoin de davantage de souffrance pour se sentir vivant.